Mother
of
1084

1084号的母亲

Mahasweta
Devi

〔印度〕玛哈丝维塔·黛维 著

王凯 译

人民文学出版社
PEOPLE'S LITERATURE PUBLISHING HOUSE

著作权合同登记号　图字 01－2024－0234

Mother of 1084

by Mahasweta Devi

© Seagull Books. English translation first published in 1997 by Seagull Books Pvt Ltd.
Published by arrangement with Agence littéraire Astier-Pécher
ALL RIGHTS RESERVED

图书在版编目(CIP)数据

1084 号的母亲 / (印)玛哈丝维塔·黛维著；王凯
译. -- 北京：人民文学出版社，2024. -- (玛哈丝维
塔·黛维作品). -- ISBN 978-7-02-018751-5

Ⅰ. I351. 45
中国国家版本馆 CIP 数据核字第 2024AS0926 号

责任编辑　卜艳冰　潘爱娟
封面设计　钱　珺

出版发行　人民文学出版社
社　　址　北京市朝内大街 166 号
邮　　编　100705

印　　刷　上海盛通时代印刷有限公司
经　　销　全国新华书店等

字　　数　65 千字
开　　本　787 毫米×1092 毫米　1/32
印　　张　6.375
版　　次　2024 年 8 月北京第 1 版
印　　次　2024 年 8 月第 1 次印刷

书　　号　978-7-02-018751-5
定　　价　39.00 元

如有印装质量问题，请与本社图书销售中心调换。电话:010－65233595

目 录

原编者前言

玛哈丝维塔·黛维（Mahasweta Devi）生于1926年，是一位久负盛名、笔耕不辍的孟加拉语作家，她的小说无论长短均畅销一时。她积极投身社会政治活动，经年累月地与东印度无地劳工群体等各个部族和边缘社群同舟共济，并为其权益奔走呼号。在她担任编辑的季刊《博尔蒂卡》（Bortika）中，投稿均来自各个部族及边缘族群，记录了基层的事务和动态。身为社会政治评论家，她的评论文章广见于《经济与政治周刊》（Economic and Political Weekly）、《前沿》（Frontier）等刊物。

玛哈丝维塔·黛维为这个国家的文学和文化研究做出了卓绝的贡献。口述史是一部交织在部族社群的文化与记忆之中的活的历史。黛维在该领域的实证研究可谓开时代之先河。她笔下那些有关剥削与斗争的故事铿锵有力、令人回味无穷，被顶尖的学者誉为

"女权主义话语的丰饶之地"。她对语言的创造性使用拓展了孟加拉语文学表达的传统边界。站在政治、性别、阶级等当下重要问题纵横交织的风口浪尖，玛哈丝维塔在入世文学领域是一位举足轻重的人物。

带着这样的基本认同，我们策划了一个出版项目，以呈现玛哈丝维塔的创作风貌，其中包括她所创作的小说、儿童文学、戏剧以及政论文章。这一系列旨在将其令人赞叹的作品引介给孟加拉之外更多的受众，同时也是对她在为我国文学和文化史方面所做的贡献的一份迟到的肯定与认可。

导　读

萨米克·班德尤帕德亚伊

玛哈丝维塔·黛维（生于 1926 年 1 月 14 日）1973 年 9 月为《普拉萨德》(*Prasad*) 10 月号杂志创作了《1084 号的母亲》(*Hajar Churashir Ma*) 的初稿，经过大范围修订和扩充后于 1974 年初正式出版。当时，纳萨尔巴里运动 (Naxalite movement) ① 的高潮期已经过去了（但某些地方，尤其是南方的一些地区，仍有少量的军事力量保留下来。媒体不时会报道导致几人伤亡的"遭遇战"或冲突。伤亡人员既有军人、警察、地主及其跟班，当然纳萨尔派本身也有人员伤

---

① Naxalite movement，1967 年起，席卷印度西孟加拉邦的农民运动。1967 年，印度警方发现一名警员在纳萨尔巴里 (Naxalbari) 为革命者所杀，警方发动报复性袭击，杀死多名村民（包括数名妇女儿童），引起农民武装叛乱，领导者为当地部族和共产主义者，后骚乱扩张，且吸纳了城市知识分子和学生阶层的加入，在 1970 年代初达到顶点，1972 年被印度政府镇压，但其残存运动延续至今。这场运动与印度共产党对印度国内人民战争的分析判断有关。

亡。）镇压造成的巨大伤亡，吓退了一些因一时兴起而加入运动的城市学生激进分子，很快他们为了自保、撇清干系，最终使整个运动陷入背叛的泥沼中。在儿子巴拉提（Brati）被阴险杀害两周年的忌日那天，苏耶妲（Sujata）——1084 号尸体的母亲——在一整天里经历了醍醐灌顶般的启蒙，她终于领悟到儿子反叛的道德依据（moral rationale）。小说中间的两个章节就描述了那场运动中的镇压和背叛。

与此同时，正如玛哈丝维塔所言："《1084 号的母亲》这篇小说里的苏耶妲在本质上对政治毫无兴趣。然而，在追问儿子为何在一九七〇年代惨遭杀害的同时，她发现了整个社会制度的腐朽。对社会的近距离审视使她认识到儿子死亡的非法性。"对玛哈丝维塔而言，这种非法性贯穿了社会的方方面面，贯穿于整个行政管理部门、文化-知识建制以及政治之中。同时，游荡在社会边缘、时刻准备为任何有组织的政治势力服务的反社会杀手也与这种非法性休戚相关，无论这些政治势力是右翼极端分子还是左翼极端分子。玛哈丝维塔运用的叙事风格不限于对个体觉醒的单一设定和聚焦，而是唤起对泛滥在以上各个层面的非法性的思考。所以，她在小说的开端深刻揭露了一个家庭的道德问题，让苏耶妲跳出家庭的藩篱与外界相遇、互动，只为了在小说的尾声使苏耶妲复归家庭，让她在倒地前夕为接纳、适应家庭的陈规最后孤注一掷。小说的结尾是含混暧昧的。然而，玛哈丝维塔自始至终编织在小说里的一条细微的线索——阑尾炎引发的疼痛以及止痛药片——赋予了结尾至关重要的意义。这条线索让迪比亚纳特一语道破了"她的阑尾破了"的事实——迪比亚纳特这种粗俗、好色之人给出这样粗略的解释一点儿都不奇怪。而苏耶妲的昏倒则是精神（该词的使用完全是在找不到更为贴切的措辞以形容理性与情感难以剥离的混杂状态时不得已而为之的选择）挣扎达到高潮的自然反应，让她第一次学着去理解，并在最后意识到这并不能通向谅解。这种尖锐对立的观点之间不时爆发冲突，但往往第一时间就会被掩藏、尘封。然而，随着苏耶妲与迪比亚纳特、萨罗杰·帕尔之流及其所代表的权力腐败/邦当局/腐败权力宰制下的社会/家庭权威极具戏剧性的正面交锋，这种矛盾达到了白热化的程度。

萨罗杰·帕尔是对巴拉提和他的同志实施血腥清洗的幕后主使。在巴拉提生日那天——巧合的是，这后来也是他的忌日——帕尔作为特邀嘉宾出席了一场家庭晚宴，也就是巴拉提姐姐的订婚宴。但因为他"有公务在身"，无法进门，苏耶姐只好出门相迎、亲自接待，加剧了情节的戏剧性。两人的戏剧性碰面——"黑色的轿车"和"有公务在身"的回答让人心里产生一系列的联想，以极具冲击性的力量将那一整天的经历和回忆聚拢到一起："还在执行公务？还穿着制服？黑色的轿车，衬衫里面套着防弹衣，枪套里别着手枪，后座上坐着头戴钢盔的哨兵？哪里发生了动乱？哪里需要动用警力？"是南迪尼近乎嘶吼地告诉她："事态远没有复归平静，那是不可能的！……你万万不可偏听偏信，说什么如今一切都复归平静了呀。"对苏耶姐来说，"黑色的轿车"和"公务"一词证实了南迪尼向她嘶吼的那些话，既承载着可能／希望，又包含着威胁，希望是对积重已久的不公获得救赎的希望，威胁是指当局为维护既得利益实施的暴力。对历史走向可能性——而非任何有关肉体的事物——的洞察所带来的惊愕，最终使苏耶姐"哭得荡气回肠、撕心裂肺、动人心魄"。

此处淋漓尽致地展现了玛哈丝维塔的一种叙事方法，在按现实顺序对事实进行冷静的、纪录片式的叠加中，不时夹杂着高亢饱满的情绪表达。哭，不再是纯粹的哭，而是一种饱含着"鲜血、抗议、悲伤"的情感强烈的姿态（玛哈丝维塔的原话是"混合着……的味道"，以更为感官的方式表达了这种强烈的情感）。这声恸哭逃逸出结构整齐的时间之网，也拆散了它。在此，时间，从多个维度被精巧地予以界定，既指一系列日期和某些具体的时刻，又指开头几页中对时间间隔和时间顺序极其精确的描述（"二十二年前的一个早晨"；"阵痛在晚上八点钟开始发作"；"当时，乔蒂十岁，尼帕八岁，而图里才只有六岁"；"黎明时分，巴拉提呱呱落地了"；"这又是一个 1 月 17 日的早晨"；"两年前，苏耶姐迈入五十一岁，乔蒂的爸爸五十六岁"；"两年前，在 1 月 17 日的早晨，也就是在巴拉提的生日、他降生到人世那天，电话里突如其来的噩耗给这个整洁、美满、平静的家庭带来了前所未有的打击"），当然同时还指各个章节分别设定为早晨、下午、黄昏和夜晚的时间轨迹（time locus）。玛哈丝维塔从时间向无时间性（timelessness）的逃离，或从时间中的某一点向未来历史的逃离，是脱胎于某种态度的叙事手段。这种态度或许和葛兰西最心仪的座右铭（出自 1932 年 11 月 6 日他在狱中写给塔蒂亚娜的信）有关："知性的悲观，意志的乐观"。

玛哈丝维塔在小说中没有对发生在西孟加拉邦的纳萨尔巴里运动做任何历史性的记述。1967年5月，这场运动爆发于西孟加拉邦北部的部族地区纳萨尔巴里。当时，在武装起来的部族成员抵制警察搜查村庄、抓捕他们的某位地下党领袖的行动中，一名叫索南·旺迪（Sonam Wangdi）的警察被杀。为了报复，警察向村民开了枪，造成九人死亡，其中包括六名妇女和两名儿童。这场地区性运动愈演愈烈，波及范围很广，一大批城市学生也加入其中。但由于缺乏组织控制，领导层内部围绕意识形态和战略问题存在严重的分歧，迫害活动与日俱增，尤其是左派领导者动用国家机器一方面对人民进行错误宣传，一方面推行野蛮的强权，该运动于1971年宣告失败。在后来的作品中，玛哈丝维塔审视了这场（由印度共产党领导的联合阵线［United Front］反对当局滥施国家权力的）农民—部落起义演变为一场抵制资产阶级价值观及其维系的学术机构的学生暴动的过程中的政治与激情。而在《1084号的母亲》这篇小说中，她的目标是相对有限的：

　　在发生于七十年代的纳萨尔巴里运动中，我亲眼见证了真正的正直、无私和舍生取义的勇气。我认为，我见证了历史的创造。于是暗下决心，身为一名作家，如实地记录历史是我义不容辞的使命。身为一名作家，我对自己所处的时代、对全人类以及我自己负有某种责任。我不认为纳萨尔巴里起义是一个孤立的事件……在这场运动中，我目睹的是过去发生的诸多运动的进一步延续，尤其是发生在特巴加（Tebhaga）、加格迪布（Kakdwip）和特伦甘纳（Telengana）等地的起义。《火之子宫》（*Agnigarbha*，又译《内心之火》，*The Fire Within*, 1978）是我创作的一部基于农村经验的作品，比《1084号的母亲》重要得多。后者描写了纳萨尔巴里运动在1971年至1974年集中于城市的阶段；以这一阶段的运动及两代人的代沟为背景，我设定了一位不关心政治的母亲如何探寻她惨遭杀害的纳萨尔派儿子的内心世界还有他的信仰立场的执着历程。巴拉提活着的时候，真实的他与她形同陌路。经过一番苦苦追寻，死亡拉近了母亲和儿子之间的距离。

在我所翻译的同一篇创作札记里，玛哈丝维塔坚称："我相信记录的价值。"就记录本身而言，她对纳萨尔巴里运动末期——运动的城市阶段——的记录几乎触及了它方方面面的特征，与苏曼塔·班纳吉（Sumanta Banerjee）的权威历史著作《纳萨尔巴里之后》(*In the Wake of Naxalbari*)（1980 年出版于加尔各答，1984 年出版的伦敦版题为《酝酿中的革命》(*The Simmering Revolution*)）对该运动的记录有异曲同工之处：

在中央政府的大力支持下，在外邦准军事力量和军事力量的增援下，警察对印度共产党（马列解放）〔CPI（M-L）〕城市游击队的报复行动自 1970 年第四季度开始势头强劲。凡是印度共产党（马列主义）干部和支持者，一旦被捕，绝不姑息……1971 年新年伊始，一场中期选举投票的临近给西孟加拉邦蒙上了一层阴影。印度共产党（马克思）〔CPI（M）〕和印度共产党（马列解放）干部之间的旧怨愈加不可调和。两个党派的领导人引发了双方军队的相互猜忌、相互敌视……两党军队间的冲突愈加激化……不久，加尔各答的某些城区以及郊区被两党划地为界，划定了各自的势力范围。擅自进入对方领地的党派成员被处以死刑。一段血流成河、充斥着无休无止的进攻与反攻、谋杀与仇杀的历史就此拉开了帷幕。两派军队在对立斗争中削弱了他们自身的战斗力，导致大批积极分子遭到清洗，给军警和暴徒提供了围剿的机会。这是一场毫无意义的屠杀，一场被误导的泄愤和残忍暴虐的践踏，完全采用黑社会那一套残暴手段，它所遵循的是小资产阶级领导人堕落、狡诈的价值观……流氓无产阶级（lumpen proletariat）被派上了两种用场。一部分人充当了奸细（agent-provocateur），酿成了一系列暴力行动并让一批印度共产党（马列解放）的地区干部被暴露，使他们在毫无防备的情况下遭到警察突袭。这构成了一种"犯罪事实"（corpus delicti），给警察提供了缉拿的理由；还有一部分破落的无产阶级被收买……专事攻击印度共产党（马列解放）的领导人和干部。按照官方的说法，他们的行为是"人民对纳萨尔派分子破坏活动的抵制"……

透过班纳吉的分析，《1084号的母亲》的读者可以洞悉对巴拉提及其同志进行野蛮屠杀背后隐伏的政治：流氓无产阶级刽子手一方面构成了地方的黑社会组织，对索姆的母亲和姐姐这样的幸存者进行长期威胁；另一方面，他们是阿宁迪亚那样的叛徒，"是受了之前的党派明确的指示加入我党的"，靠着渗透进异议分子内部的"政治伎俩"，将后者出卖给警察。班纳吉对城市游击队实施的暴力会自行消失没有抱任何幻想。相反，他甚至发现了红色恐怖和白色恐怖之间的必然性联系。玛哈丝维塔对那位不关心政治的母亲的认同自有她的道理，她们都和纳萨尔运动的暴力保持了距离。那个母亲（苏耶姐）自然会认为自己的儿子是纯粹的受害者。

　　然而，在苏耶姐对儿子内心世界的探寻以及屠杀事件的时间安排上，玛哈丝维塔有其另外的内在逻辑。她指涉的其中一段史实是发生在 1970 年 11 月的巴拉萨特（Barasat）屠杀事件。当时，十一名被反剪着双手的年轻人在前往巴拉萨特的路上惨遭杀害，倒在血泊之中。另一段她所涉及的史实是 1971 年 8 月 12 日的巴拉纳加尔（Baranagar）大屠杀。其间，一百多名纳萨尔派成员在他们的秘密聚点被揪出，光天化日之下集体被斩首。这两段历史将巴拉提和他的同伙的被杀置于1970 年至 1971 年由警察、执政党、雇佣杀手、甚至左派领导政党相互勾结，针对纳萨尔派进行有组织屠杀的历史背景中。在这一阶段，城市里的纳萨尔派陷于完全的混乱和全面溃败，内外交困、如坐针毡。

　　在《1084 号的母亲》这篇小说中，玛哈丝维塔不仅描述、再现了对纳萨尔派成员的屠杀，她的着力点还在那些具有代表性的幸存者对这一事件的反应——

包括麻木不仁。其中，这些幸存者既包括在那段恐怖岁月饱受创伤——这种创伤既是字面意义上的，又是修辞层面上的——的亲历者，也包括那些自欺欺人、度过那段暴虐时期的旁观者。对超人的崇拜、对孟加拉战争的激愤、对披着时髦外衣的文学激进主义以及商业和性爱丑闻的热衷，这些构成了后者明哲保身的生活方式。在玛哈丝维塔对查特吉一家及其生存之道的刻画中，最为引人注目的当属他们对巴拉提，还有他对家庭的藐视和违抗的集体否认。这一切都始于迪比亚纳特处心积虑如何"不让身边的熟人"得知巴拉提死讯的密谋："迪比亚纳特坚决不许苏耶姐开他的车。他的车怎么能停在坎塔普库前面呢？别人一眼不就能认出来了吗？……迪比亚纳特的任务、他的幕后运作成功了。第二天的报纸上报道了四位青年的死讯，并公布了他们的详细姓名，但对巴拉提只字未提。"

至少在某种层面上，城市游击队是在反抗这种不惜一切谋求生存的生活哲学的不灭不息，以及拒绝滋养这种哲学的社会家庭制度。然而，对纳萨尔巴里运动的客观研究（包括前文提到过的苏曼塔·班纳吉）却没有把这一点视为大多数城市游击队的主要动机。不过，就玛哈丝维塔来讲，这构成了这么一位富庶、敏感、开明的母亲真正理解这场运动和巴拉提之死的原因之一。在儿子对她的深刻关切中，苏耶姐明白了儿子理解她身为女性每天遭受的羞辱，以及她为自主、独立而进行的安静但坚决的斗争。讽刺的是，她的这种斗争又从巴拉提的死亡中汲取了力量和动力。

在这篇小说中，玛哈丝维塔一方面力图改变她的历史小说中典型的叙事风格，另一方面又努力避免程式化（因为程式化意味着简单化），将这种风格置于一种更复杂的历史情境和历史发展脉络的核心。《1084 号的母亲》里出现过三个不同的家——苏耶姐的家、索姆的家和南迪尼的家，它们分别代表三种不同的文化 / 场所 / 经济制度。玛哈丝维塔对现实主义的偏好让她能够用最为精确、凝练的细节表现三种不同的家庭结构及其蕴含的经济学意义，它们形成了自主 / 独立的等级区分，界定了三位女性的个人特征：索姆的母亲处于最底层，南迪尼位列最高层，苏耶姐则属于中间层次。不同层级间存在流动性的迹象 / 痕迹，象征了诸多的可能性。索姆的母亲那无助的恐惧与屈从（具体表现在她说话时一再唯唯诺诺地使用"didis"这一称呼——字面意思是"大姐"）与索姆的姐姐流露出的怨恨 / 愤怒形成了鲜明的对比。同时，索姆的姐姐对苏耶姐也是一种陪衬。透过她我们隐约可见苏耶妲与迪比亚纳特和家庭强加在她身上的权力顽强抗争的雏形（两人都是自食其力的女性，尽管促使她们走出这一步的情境截然不同）。南迪尼洞悉真相、意志坚定，而苏耶妲尚处在学习/认知、渐渐趋向抉择的求索当中。事实上，经过一整天的跋涉回到家后，苏耶妲才第一次顶撞了迪比亚纳特——在自主/独立的阶梯上迈上了一个台阶——"苏耶妲的话像鞭子一样狠狠抽在他身上。迪比亚纳特灰溜溜地出去了，一边走，一边擦拭着脖颈上冒出的冷汗。"此外，作者也表明南迪尼的政治/意识形态认同和分析理解力赋予了她持久的忍耐力和意志力。是南迪尼向苏耶妲解释、阐明了反叛、权力、背叛，以及革命乐观主义这些问题。

苏耶妲是最后去的南迪尼家，但她和后者的见面是最具启蒙意义的。而且，这场启发心智的探寻在路线上遵循着一条清晰的空间逻辑：索姆的母亲住在"一间摇摇欲坠的房子里，屋顶爬满了青苔，墙上的裂缝用硬纸板随便打着补丁"，她所在的居民区，无论在空间还是在社会阶层的层面上，都与苏耶妲的家判若霄壤。而南迪尼的家"离她家很近"，"是栋老式的两层小楼，前头有一条走廊"。显然，这是一段由远及近的旅程。一路上，伴随着她对现实越来越深的理解，苏耶妲自然从南迪尼这位"邻居"身上受益良多。她们既是社会、文化层面上的近邻，同时也是地形层面上的近邻。索姆的母亲和南迪尼之间巨大的鸿沟被她们迥然不同的"家"史强化了：南迪尼住的家是她富庶殷实的祖上传下来的祖屋。风风雨雨几代人后，这个大家族土崩瓦解了，分化成了富户与穷人；而索姆母亲的家"地处西孟加拉邦的众多居民区之一。当地的居民抢得了土地，在此定居了下来"。苏耶妲在索姆母亲家里体察到的不安全感和脆危性（precariousness）与她在南迪尼家里感受到的踏实感——尽管南迪尼语气冷峻——形成了鲜明的对比。在南迪尼的家里，她（苏耶妲）暗下决心："过了今晚，苏耶妲就要搬出去了。"南迪尼的果敢无疑是促使她做出抉择的因素之一。在小说的叙事安排中，更为重要的一点是两者对苏耶妲的拒斥，把她完全逼到无依无靠的境地。最终，在一番领悟后，她终于鼓起勇气下定了决心。

人们始终没弄明白佳亚特里·查克拉沃蒂·斯皮瓦克（Gayatri Chakravorty Spivak）为什么说《1084号的母亲》是以一种"属于上世纪五六十年代主流孟加拉语小说的感伤风格"（《在他者的世界里》（*In*

Other Worlds，1987）的散文体写成的小说。从四十年代中期到六十年代，主流孟加拉语小说增加了一种紧张感和尖锐度。在三位伟大的班德约帕德赫亚（Bandyopadhyay）——塔拉桑卡尔（Tarasankar）、比耶迪胡山（Bibhutibhushan）和马尼克（Manik），以及随后的普雷门德拉·米特拉（Premendra Mitra）、苏博达·戈什（Subodh Ghosh）和萨马雷斯·巴苏（Samaresh Basu）的笔下，这种感伤格调被一种更为猛烈、更为冷峻的风格所代替。玛哈丝维塔继承了这种文体并加以变通，又用来自街头巷尾、田间地头、茫茫林海的声音——尤其是在《1084号的母亲》中使用了城市墙上俯拾皆是的涂鸦语言、政治口号和标语——丰富了这一风格，与"这批时兴的作家"使用的语言形成了鲜明、讽刺的对比。玛哈丝维塔的文体始终包含这种对比和差别，同时也"再现"了社会——她选择表现的空间——的矛盾与冲突。在《1084号的母亲》中，叙述者的声音依附于苏耶姐的声音，但在订婚晚宴上，它反过来又压倒了所有的声音。在某种层面上，这是一部关于女性发现自我声音的小说。这种声音不同于任何同苏耶姐交流过的人的声音，包括她的家人、萨罗杰·帕尔、索姆的母亲、

南迪尼、活着时候的巴拉提、赫姆以及晚宴上的宾客。在第一章中，对萨罗杰·帕尔的再现首先是通过电话（在小说里，电话本身是一件极其重要的道具）听筒传出的一个急促、带着敌意和专制的声音，然后是与这个声音、这个俨然权力专属象征的神秘冷酷的声音的直接对话。小说结尾完成了这一闭环：苏耶妲被萨罗杰·帕尔一连串连珠炮似的"不"（"不，你儿子没去迪卡。""不行，这些我们不能给你保存。""不行，照片不能给你。"）陷入哑口无言的境地，此刻她回忆起了这些话，还有与他关联的意象——"象征权力的铜制徽章"，"铝门……上面赫然写着'萨罗杰·帕尔不得好死'的口号和标语"，苏耶妲则在那声"使现在和未来瑟瑟发抖，令忘却本身在它的冲击下跟跟跄跄、举步维艰"的恸哭中找到了自我的声音。要想读懂内心的剧变／冲动（change/charge）以及反叛是如何一步步蜕变为最终的喷涌／爆发（eruption/explosion），就必须甄别、区分这些不同的声音。在叙述者声音的参照下，它们的阶级文化表征在对话中得以界定。

　　在翻译的过程中，我力图表现出这些不同的声音。作者本人对翻译工作的积极参与令我不胜荣幸。实际上，玛哈丝维塔·黛维曾经一度草译过这篇小说三分之一的内容，为拙译提供了若干值得借鉴的观点。同时，她毫无保留地把译稿倾囊相赠，任我随意使用。翻译过程中我至少三易其稿，被搁置了相当长的一段时间后重又得到审视、修订，这一切都是为了使译本做到忠实、可靠。

早　晨

在梦境中，苏耶妲回到了二十二年前的一个早晨。她时常回到那个早晨，梦见自己收拾着包里的毛巾、衬衫、纱丽和肥皂。苏耶妲现年五十三岁。在梦里，她看到了一个三十二岁的苏耶妲，在忙着整理自己的提包。那时的苏耶妲尚属妙龄，子宫里怀着的孩子使她的身子显得很沉，她小心翼翼地收拾着包里的东西，一件一件的，为巴拉提的出世做着精心的准备。剧烈的疼痛一次又一次扭曲着她的脸，她的牙齿紧咬双唇，强忍着眼中的泪水。梦中的那个苏耶妲在等待着巴拉提的降生。

阵痛在晚上八点钟开始发作。赫姆凭着以往的经验安慰她：太太，很快就会过去的。子宫已经开始收缩发力了。赫姆攥着她的手说：放心吧，一切都会好起来的。神会保佑你，保佑你顺利生产的。

疼痛，又是一阵撕心裂肺的疼痛。昨天，苏耶妲就来到了私人产科医院，医生提醒她随时都有可能生产。当时，乔蒂十岁，尼帕八岁，而图里只有六岁。她记得，婆婆在一旁陪着她待产。乔蒂的爸爸是家里的独生子。婆婆生下第一个儿子后丈夫就去世了，她无法忍受苏耶妲子女成群的事实，用满是嫉恨的眼神注视着她。随着分娩期的临近，婆婆提出要从家里搬出去，到她妹妹家去住。她坚决不肯为苏耶妲搭把手。

苏耶妲的丈夫解释道：难道你不明白吗？妈就是身子骨太弱了。她怎么受得起这些痛苦和混乱呢？

然而，苏耶妲从来没为此大喊大叫过，甚至连一声抱怨也没有。她咬紧牙关，为孩子们做着力所能及的一切。有段时间，她妹妹不在加尔各答，于是婆婆又搬回来和他们一起住。当时，苏耶妲的丈夫迪比亚纳特在坎普尔出差。他绝对没料到妈妈这次会在家里住下来。换作以前，她是打死也不会在这种时候留下来住的，这次应该也不例外，迪比亚纳特所能想到的就是这些。他对苏耶妲依然是什么都不闻不问。事实上，他从来都没管过。阵痛第一次来袭时，苏耶妲在洗手间里，疼得她浑身打哆嗦。见有血流出来，可把她给吓坏了。她一面自己收拾着所需的一切，一面吩咐厨师赶紧叫计程车。

她就这么一个人去了医院。医生的脸色凝重，吓得她担惊受怕。剧痛一阵阵袭来，苏耶姐仿若极目在雾霭中四处搜寻，好像有人在她眼前放了一块被烟熏黑的玻璃。她睁大眼睛，问医生：

我没事吧？

当然没事。

那孩子呢？

踏实睡吧。

有什么办法吗？

动手术。

医生，孩子没事吧？

赶紧踏实睡吧。剩下的事交给我。

没人陪你来吗？

我丈夫在外地。

苏耶姐惊诧不已。就算丈夫不在外地，她也没指望过他陪自己一起来。医生为何会这么想呢？她之前的几次分娩，迪比亚纳特一次也没陪她来过，一次都没有。为了不让新生儿的哭闹打搅他的美梦，他特意搬到二楼的房间里去睡。孩子生病了，他也懒得下楼来关心一下他们的病情。不过，他还是会注意一些事，他会留心苏耶姐，他得确保妻子安然无恙，不耽误再给他生孩子。

补品你都按时吃了吧？

迪比亚纳特的嗓音深沉，嗓子眼儿里老是有痰似的。每逢心生欲火，他的嗓子就仿佛会分泌痰液，他说起话来也就听着黏糊糊的、不清爽。苏耶妲对迪比亚纳特太了解了。他对苏耶妲健康的关心只可能出于一个目的，除此之外，再不可能有别的什么意思。医生怎么可能了解他呢？

医生给苏耶妲开了药。但疼痛还在撕心裂肺地折磨着她。突然间，苏耶妲对肚子里的孩子燃起了一股强烈的热望。离图里出生已经过去了六年。苏耶妲矢志不渝保护自己的决心最终还是失败了。

九月怀胎，她感到自己备受亵渎和玷污。体重加增的身体就如同一道诅咒。就在她意识到自己和孩子的生命濒临危险的瞬间，一股怜悯之情油然而生。苏耶妲第一时间叫了医生，向他恳求道：求求你赶紧手术，救救我的孩子吧。

别急，我们正要给你手术呢。

护士给苏耶妲打了一针。腹部钻心地疼。这是1948 年 1 月 16 日。苏耶妲的手一次次攥紧白色的床单，额头上渗出晶莹的汗珠。眼睛下方的黑痣逐渐延展、变大。苏耶姐丝毫没有感到冬日的寒意。那年的一月冷得刺骨。

腹部疼得钻心。苏耶姐醒来时，汗如雨下，双手紧握着白色的床单。她在旁边的床上看到了丈夫，她的两道长长的眉毛不禁紧皱起来。丈夫怎么会躺在她旁边的床上呢？她使劲晃了晃脑袋。巴拉提出生那天，乔蒂的爸爸根本不在她近前，因此，他从未在她的梦境里出现过。可是，苏耶姐不是在做梦。

她伸手去够巴拉根①和水。服过药片，她啜了口水，又拿纱丽的裙摆揩了揩额头上的汗。

她重新躺下，开始数数，从一数到一百。这是医生嘱咐她这么做的。数着数着，腹痛感不知不觉缓和了许多。肯定是巴拉根发挥了药效，减轻了疼痛的症状。

腹痛感缓和了。它已折磨得苏耶姐筋疲力尽、头晕目眩，疼痛再不缓解，她就快支撑不住了。她看了看表，时间是早上六点。她又朝墙上望了过去，日历上显示今天是 1 月 17 日。而在许久以前的那个 1 月

---

① Baralgan，印度诺华药业生产的一种止痛药物，主要针对神经痛和肾绞痛等。

16 日，腹痛整晚搅得她死去活来，一会儿清醒、一会儿昏迷，反反复复了不知多少次。整个晚上，真的是整个晚上，乙醚刺鼻的气味，刺眼的灯光，医生们一刻不停地忙碌着，朦朦胧胧的钝痛感一刻也未消失过。终于到了 1 月 17 日的黎明时分，巴拉提呱呱落地了。现在是又一个 1 月 17 日的早晨。但退回到过去，退回到两年前，那是另一个 1 月 17 日，另一个黎明时分。当时，苏耶妲以同样的方式睡在同一个人身边。突然，搁在床头柜上的电话铃响了起来。

今天早上，电话铃也响了，那是从乔蒂的房间里传出来的。自从两年前的那天过后不久，乔蒂就把电话移到了自己的房里。多么体贴入微的乔蒂啊。乔蒂是她的第一个儿子，也是家里最大的孩子。他是迪比亚纳特忠诚听话的儿子，也是毕妮宽厚的丈夫、苏曼慈爱的父亲。

两年前，苏耶妲迈入五十一岁，乔蒂的爸爸五十六岁，可以说这是人生中最惬意的年岁。一切似乎都安稳有序。长女已然出阁，小女儿也已确定了恋人。长子的事业做得风生水起，小儿子呢，当父亲的也打算送他出国深造。一切看起来都是那么有条不紊、顺风顺水、光鲜亮丽。

电话铃就是在这个当口响起的。苏耶姐半睡半醒间拿起了听筒。里面传来一个陌生警察冷冰冰的声音劈头问道——你是巴拉提·查特吉（Brati Chatterjee）的什么人？

你说他是你儿子？那麻烦你到坎塔普库来一趟。

对，没错，那个身份不清、来源不明的声音重复道：来坎塔普库一趟。电话听筒啪嗒一声摔到了地上。苏耶姐昏了过去。

两年前，1月17日那天的早上，也就是在巴拉提的生日、他降生到人世的纪念日，电话里突如其来的噩耗给这个整洁、美满、平静的家庭带来了前所未有的打击。

这就是在那之后不久乔蒂把电话移走的原因。苏耶姐是后来才知道这一切的。三个月里，她对一切都一无所知。她一天到晚躺在床上，两手蒙着自己的眼睛，她从来没有号啕大哭，从来没有。只有赫姆一个人陪着她，递给她安眠药片或者只是紧紧握着她的双手。

苏耶姐不知道电话是什么时候从她房间移走的。

三个月之后，苏耶姐才重新回银行上班。她又能像从前一样，和乔蒂、尼帕，还有图里正常说话了。

她又能像从前一样为乔蒂的儿子苏曼削铅笔了。她问乔蒂的妻子毕妮：你把我的黑边纱丽拿去洗了吗？

乔蒂的父亲去孟买时，她帮着把助消化药给他放进了手提箱。

一切复归平静后，苏耶妲才发现电话已从她的房间挪到了乔蒂的房里。

第一次注意到这件事时，她的额头蹙成了一团。乔蒂怎么会蠢到这种地步呢？她不禁摇了摇头，为乔蒂的蠢行深感遗憾。再也不会有人打来那样一通电话了。乔蒂的父亲经营着一家注册会计师公司。乔蒂在一家有着英国名字的公司担任二把手。尼帕的丈夫在海关位列要职。图里的未婚夫托尼·卡帕迪亚有一家自己的经销处，出口印度的丝质蜡防印花布、地毯、铜雕舞王湿婆神像，以及班库拉出产的陶马。乔蒂的岳父定居在英国。

一大家子人里，再也没有人会做出什么反常之事了，再也没有人会招致一通突如其来的电话，逼迫她硬着头皮到坎塔普库的停尸房认尸了。

一大家子人里，再也没有人会愚蠢到要让乔蒂和他父亲去权力机关疏通打点，只剩下苏耶妲和图里两人匆匆赶往坎塔普库了。

一大家子人里，再也没有人会犯下如此的罪行，会让自己独自一人在坎塔普库死去。多姆①撩开了那块厚重的盖尸布。负责的警察询问道：这是你儿子吗？

他们一家人行事向来谨小慎微、奉公守法，堪称品行端正的好公民。他们从未把苏耶姐拖入过这种境地，也从未把乔蒂的父亲逼到过如此绝望的地步。乔蒂的父亲托关系、走后门，使尽浑身解数去平息儿子这桩令家族丢脸的死亡事件。

在电话中得知这一消息的当时，他首先关心的就是设法封锁消息，不让身边的熟人知道。去不去坎塔普库认尸，对他来说似乎无关紧要。反正他已经按照自己的心意养大了乔蒂，他的大儿子。而乔蒂呢，自然是陪着父亲跑前跑后，疏通、打点。

迪比亚纳特坚决不许苏耶姐开他的车。他的车怎么能停在坎塔普库呢？别人一眼不就能认出来了吗？

那天，就是巴拉提死去的那天，他的父亲对苏耶姐来说也永远死去了。那一日、那一刻，他的所作所

---

① Dom，印度社会传统上隶属低级种姓或"贱民"种姓的工人。他们从事的通常是最为人所不齿的工作，比如，在火葬场搬死尸、清除死肉和腐肉等。

为彻底粉碎了苏耶妲心中有过的无数幻想，带着爆炸般的冲击力突如其来，这感觉就宛若几十亿年前一颗巨大的流星撞击古老的世界，又宛若一次开天辟地的大爆炸，把铁板一块的地球炸裂成七大洲、五大洋。

迪比亚纳特怎么都想不到，他那天的一举一动彻底拉远了他与苏耶妲之间的距离。从那天起，他从苏耶妲的心中永远死去了。尽管他就在紧邻苏耶妲的床上躺着，但他无论如何都不可能想到，从那天开始，苏耶妲的世界中已然没有了他的位置，他把自己的地位和安全看得太重，甚至超过了巴拉提的死。

迪比亚纳特的任务、他的幕后运作成功了。第二天的报纸上报道了四位青年的死讯，并公布了他们的姓名，却只字未提巴拉提。

巴拉提就这样被迪比亚纳特抹掉了，抹得干干净净，不留一丝痕迹。可是要让苏耶妲也做到这一点，那是绝对不可能的。

苏耶妲清楚地知道，这种事以后再也不会在他们家里发生了。她之所以觉得乔蒂把电话挪到他自己房间这件事很可笑，原因也恰恰在此。

毕妮留意到她脸上流露出一丝嘲弄的笑容，哭了起来。她对乔蒂抱怨道：她简直太冷酷无情了。

毕妮的一番话是故意说给苏耶妲听的。苏耶妲听见却完全没把它放在心上。她始终感觉，这次也不例外，毕妮是深爱巴拉提的。

但这种感觉很快就被打破了。在走廊的墙上，她发现巴拉提的照片没了，巴拉提的旧鞋子也不见了，还有他的雨衣也莫名其妙地消失了。

毕妮，照片放哪儿了？

收在二楼的房间里。

二楼的房间里？

爸爸说……

爸爸说？

迪比亚纳特还在不遗余力地抹去巴拉提留下的痕迹，即使他死了也从未改变。对此，苏耶妲既没有表现出半点的惊讶，也没有流露出丝毫的伤痛。她深深地感到，这就是迪比亚纳特，不做这样的决定反倒不像他了。但毕妮至少应该有所反对，去制止他吧。

苏耶妲什么都没说，安静地离开了家，去银行上班了。她在银行已经干了有些年头，刚开始去的那会儿，巴拉提才三岁。当时，巴拉提父亲的办公室遇到了一些麻烦，丢了两份重要的账目。

苏耶妲就是从那时走上工作岗位的。全家人都给了她极大的鼓励和支持。婆婆甚至还跟她说：要我说啊，老早儿你就该谋份工作了。都是迪布宽厚大度，不愿意让你早点儿出去受累。

没有人在意苏耶妲为何想要工作，也没有人在意她为何要为求职的事亲力亲为。家里的一切事务始终都围着迪比亚纳特和他的母亲转。苏耶妲的存在不过是光亮中的一点阴影罢了。她为人毕恭毕敬、沉默寡言、忠实可信，她自身并不存在。

她在银行有认识的人。不然，这份工作也落不到她头上，凭着家里的人脉、她高贵的气质和地道的英语发音，最终拿到了这份工作。要知道，不知道有多少从洛雷托学院①拿到学士学位的女士还都在求职呢！

但只有巴拉提想她想得哇哇大哭。

她梦见，三岁的巴拉提死死抱着她的膝盖不放，不住地哽咽道：妈妈，求你今天别去上班好吗？求求你了，就今天一天。你不能在家陪陪我吗？

俊俏瘦削的巴拉提头发丝滑，眼睛里闪着温暖的光。在十年"解放斗争"的死亡名单中，巴拉提，对，

———————————————

① Loreto College，印度加尔各答的著名女校，以纪念著名天主教修女洛雷托得名，创办于1912年。

就是那个巴拉提，他的名字排在第 1084 位。假如你去搜集这十年当中前两年半的死者名单，你会见到巴拉提的名字吗？毋庸置疑，假如你把报纸作为消息来源的话，那你必然无从知晓巴拉提是谁。

他的父亲已确保巴拉提的名字绝不会出现在报纸上，真是万无一失。

巴拉提·查特吉？

你是他什么人？

不，你不会看到他的脸。

明显的体貌特征？

喉咙那儿长了颗痣？

你没必要看他的脸。

她那天都说些什么？说过要看他的脸吗？她认出了那件蓝衬衫、手指，还有那熟悉的头发，还心存疑虑吗？难道疑云遮蔽了证据、超越了理性，非要一睹那张面容不可吗？这就是苏耶妲为何说……？

多姆对苏耶妲充满了同情，说道：太太，还有什么可看的？他的脸还剩下什么呢？

当时，苏耶妲有何反应呢？停尸房里还直挺挺地躺着另外四具尸体。有人在呼天抢地哭喊，有人以头撞地。她一点儿都记不起那一张张的面孔了。它们全都消失在模糊的泪光中。可缕缕记忆闪着明亮、刺眼、冰冷的光，像一把钻石刀。他的身体上有三处枪眼儿，一处打在胸部，一处打在腹部，还有一处正中咽喉。都是蓝色的枪眼。子弹是从近距离发射的，枪眼周围的皮肤泛着蓝色，这是火药灼伤留下的痕迹。深褐色的血迹。火药的威力烧焦了枪眼周围一圈的皮肤，开裂成一道道凹陷的圈痕。

三处枪眼：一处射中脖子，一处击中腹部，一处打在胸部。

巴拉提的脸，巴拉提的脸！她使尽浑身的力气掀开了盖尸布。巴拉提的脸，巴拉提的脸被一件锋利的重型武器的棱角砸得稀烂。她能听见图里在拼命强忍着不让自己尖叫出来。

苏耶妲俯身仔细端详那张脸。她真想用手指好好摸摸那张脸啊！她真想一边大声呼唤儿子的名字："巴拉提，巴拉提"，一边用手指抚摩那张脸啊！可那脸上分明已经没有一寸光滑、干净的皮肤可任她的指尖轻抚、摩挲。脸上的肉都朝外翻着，被砸得血肉模糊。于是，她把那张脸又盖上了，缓缓转过身子，眼前一黑，紧紧抱住了图里。

重回银行上班后，就算她不在家，她也清晰地记得巴拉提的父亲是如何吩咐收起巴拉提的照片的。

银行里，所有人都时刻紧盯着她。一看到她，就马上停止了交谈，默不作声。

银行经纪人卢特拉是第一个主动过来搭话的。

夫人，真的很抱歉……

谢谢。苏耶姐低着头说。

夫人。

你喝水。毕汗递过来一杯水。

夫人！

毕汗低语道。这是苏耶姐的老习惯了。每天到办公室，第一件事就是先喝一杯水。苏耶姐看得出来，他的眼神中透着些许痛苦和怜悯。毕汗似乎想用眼神将她紧紧包围。之前，曾经有一天，毕汗收到一封电报，说他的儿子死了。当时，苏耶姐把他紧紧拥入怀中。

苏耶姐避开了毕汗的眼睛。此时此刻，她无法承受他的同情和怜悯。对不起，毕汗。巴拉提的死和你儿子的死完全是两码事。你儿子的死可以让人忘掉你勤杂工①的身份，将你紧紧拥住。

---

① 英译本为 bearer，一种下层员工，差不多等同于"服务员"。

巴拉提的死则不同。他在生前和身后都有太多太多的疑点，到处都是疑点，无穷无尽的疑点。而就在这些疑点一个都尚未解开的情况下，巴拉提·查特吉的卷宗就这么草草了结，永远封存了。

请原谅，毕汗。

整整一天，她都沉浸在机械式的工作中。晚上，巴拉提的父亲一回到家，苏耶姐就问道：

是你让他们把巴拉提的照片移到二楼的吗？

是的。

还有巴拉提的鞋？

没错。

为什么？

你说为什么！

迪比亚纳特无奈地摇了摇头。假如苏耶姐自己拒不正视搬走巴拉提的那些遗物的必要性，拒不正视把巴拉提以及凡是能够勾起对他回忆的一切事物彻底抹除的原因，那么，还有谁能够做到使她正视理性呢？

迪比亚纳特一个字都没有说。

二楼的房间锁了吗？

嗯。

钥匙在谁那儿？

在我这儿。

把钥匙给我。

苏耶妲拿了钥匙随即上了楼。巴拉提以前睡在二楼的房间里。从他八岁起，一直如此。起初，他不乐意自己睡，害怕一个人睡。苏耶妲就建议赫姆在房间里陪着他，睡在地板上。

这把迪比亚纳特气得够呛。他认为，在这个问题上，苏耶妲从没对乔蒂、尼帕和图里软弱过。苏耶妲辩解说，当他也这么安排其他孩子时，她对他的安排提出过异议。他们怎么可能不害怕一个人睡呢？但当时苏耶妲有所不知的是，迪比亚纳特的意愿实际上是可以违背的。

巴拉提心中的恐惧挥之不去。这种恐惧完全是小孩子的头脑里臆想出来的。深夜里出殡的队伍呼喊"哈瑞波尔①！"的诵唱会让他毛骨悚然，街头艺人乔装打扮成强盗也会使他战栗。但随着年龄的增长，他克服了一切内心的恐惧。

如今，他超越了所有的恐惧，天不怕地不怕。

————————————————

① Haribol，直译为"呼唤神之名"，一般由孟加拉印度教徒出殡队伍的陪同人员朗声诵唱。

从他还是个孩子起，巴拉提就对描写死亡的诗歌情有独钟。苏耶姐梦见，七岁的巴拉提坐在窗台上读诗，两条腿不老实地在窗外打着秋千。这些天来，每当苏耶姐梦见巴拉提，她脑海里的一部分就会不厌其烦地提醒她，这不过只是一场梦，巴拉提已经不在人世了，一切都是梦境而已。

但她的另一半意识对此发出不同的声音，坚称这绝非梦境，发生的一切都是千真万确的。

在苏耶姐的梦里，巴拉提依然像儿时那般坐在窗台上读诗，两条腿搭在窗外不停地打着秋千，而她，就坐在巴拉提的床上，听着他一字一句地读诗，一边听，手里还忙不迭地抚摩巴拉提的床单，摩挲摩挲他的枕头。

巴拉提口中读着：

恐惧最深的人，

莫过于打开黑暗之室的人。

在梦里，她清晰可见巴拉提踱着步子，朗读着《儿童集》[1] 里的诗。

---

[1] 《儿童集》(*Shishu*) 是印度文豪泰戈尔 (Rabindranath Tagore) 的一部儿童诗集。

你，在暗夜离去。

何不趁着暗夜再偷偷回来？

谁也发现不了你。

因为他们只在繁星中寻找你的踪迹。

睡梦中，苏耶妲不止一次为巴拉提伤心落泪，从睡梦中惊醒。梦境简直太真实了，真实到了一种难以置信的地步。她一从梦中惊醒过来，就开始四处寻找巴拉提的影子。

苏耶妲立在二楼房间的门口，巴拉提的床连同被褥都被搬走了。衣柜里放着他的衣服，墙上挂着那张照片，书一本本地摆在书架上，唯独手提箱不见了，被警察拿走了。

苏耶妲手扶床架站着，眉头紧锁，一门心思地回想着，对巴拉提的死自己该负怎样的责任，哪怕是间接的一点点责任。是不是她的教育方式出了问题，导致巴拉提在十年解放斗争期间沦为1084号死者？还是有什么她本该做却未做或者本不该做却做了的事，使他落得这般下场？她的错到底出在哪儿呢？

迪比亚纳特心里根本容不下巴拉提，他没好气地说：

他就是个被妈妈宠坏的孩子！都是你教坏了他，

让他与我为敌。

苏耶妲不禁愕然。她有什么理由要教巴拉提与父亲为敌呢？理由何在？难道说迪比亚纳特是她苏耶妲的冤家对头？难道她苏耶妲不是和迪比亚纳特一样爱慕名望、安逸和安稳的吗？她从未扪心自问过，一次都没有，这些理想真的是她所崇尚的吗？假如她对这些问题心存过一丝疑虑，她果真会不假思索地质问自己吗？

苏耶妲出身富贵人家，观念正统。她被安排进洛雷托学院念书、毕业，目的只有一个，为嫁人做准备。为她挑选的新郎家境并不富裕，但属于真正的名门望族。她的父亲明白，他必定前途无量。

苏耶妲对安逸、安稳等与之并行不悖的一切价值观深信不疑。迪比亚纳特对她的种种指责完全是无稽之谈。

有鉴于此，苏耶妲教唆儿子与自己的父亲为敌的说法自然也是不成立的。不过，仅仅证明巴拉提没有以父亲为敌是远远不够的。苏耶妲一向清楚，巴拉提受不了父亲那副做派。她心里太清楚不过了。

但为什么呢，巴拉提？

叫迪比亚纳特·查特吉的那个人不是我的敌人。

然后呢?

他所拥有的一切、恪守的全部价值观,也都被许许多多的人奉为圭臬。凡是拥护这些价值观的阶级,我们统统视其为我们的敌人。而他就是那个阶级的一分子。

我真搞不懂你,巴拉提。

你没必要搞懂。为什么不先帮我把扣子缝好呢?

巴拉提,你变了。

哪里变了?

变得我都认不出来了。

我有什么法子不变呢?

你一整天都到哪儿去了?

我?坐着聊天啊。

和谁聊?

和朋友们呗。

给你衬衫。抽空儿和妈妈聊会儿天,还得先把扣子给你缝好?!过去你可不是这样。

巴拉提没有接话。他眯缝起眼睛,淡淡地笑了笑。笑容和语气中包含了某种此前从未有过的内容。宽容、耐心。仿佛苏耶妲还未开口,他就知道她是不可能明白他要说的话的。他像对待孩子一样对待苏耶妲,用一种几乎是父亲般的口吻。巴拉提似乎是在娇纵她。苏耶姐能够感觉到一道鸿沟开始横亘在他们母子中间，巴拉提正和她渐行渐远。她为此痛苦不已。这教她如何不心生猜疑，教她如何不为恐惧所动呢？

就算是住在同一屋檐下，一旦儿子和母亲形同陌路，疏远彼此，威胁随时都可能滋生。这一切她怎么就从来没有想到过呢？

苏耶姐站在巴拉提的房间里，眉头紧锁，陷入了深深的沉思。

要是巴拉提像苏耶姐的哥哥那样死于某种绝症，就可能存在种种尚待追问的问题，比如，这是医生的责任还是家人的责任？换个医生会不会有转机？换种药试试说不定能起死回生？人因病医治无效而死，往往都会追问这些问题。

要是巴拉提死于飞来横祸，那他的死引发的问题就有所不同了。人们不禁会感叹，要是巴拉提小心一点儿、躲过这一劫就好了，或者能感知命运就好了。要是苏耶姐像迪比亚纳特一样相信算命，随之而来的问题就可能是他生前有什么死于非命的征象吗？有的话，难道就没有一丁点儿可以辟邪的先兆？

要是巴拉提犯了法锒铛入狱，那么，问题就可能变成，导致他走向犯罪的人是谁，他是如何偏离这个家族的成员理应走的道路的，以及什么样的措施能够避免今天这种局面。

然而巴拉提的死偏偏不属于其中任何一种。他被指控的所有罪名是丧失了对社会制度本身的信仰。巴拉提认为，社会与国家现行的道路无法创造自由。他不满足于仅仅在墙上空写口号和标语，而是对它们身体力行。这就是他受到指控的罪行。迪比亚纳特和乔蒂，谁都没有提出用烧着的木棍引燃柴火堆来火化巴拉提。巴拉提及其同道都是些反社会分子，他们的尸体只配放在坎塔普库的停尸房里。夜深人静时，堆积如山的尸体会在警察的保护下拉到火葬场烧掉。

尸体在深夜一点点焚化。死者那些信奉传统礼仪的亲友，依据经上的规训，是不能在早晨举办任何仪式的。他们必须足足等上一整天，熬得两眼通红、双目圆睁。等到夜色昏沉，才能硬着头皮去苦苦央求祭司手下某个混迹于火葬场的随从主持法事。这名婆罗门会按人头收取固定的费用，然后匆忙走个过场，草草了事。

巴拉提在大字报上写过许多口号和标语。警察前来搜查他的房间时，苏耶姐曾经亲眼见过，每一张都是巴拉提亲笔写的。

监狱就是我们的大学。

枪杆子里……

这十年将属于"解放的十年"。

痛恨温和派，揪出温和派，消灭温和派。

……今天正在变成延安。

她听说，巴拉提及其朋友在墙上正式书写这些口号和标语之前，一般都会事先写在纸上，然后再趁着夜色抄写在墙上。那些像卡鲁一样孤注一掷的战友，以大无畏的精神直面埋伏在四周的警察的淫威。纵使街头还残留着塔潘英勇就义时抛洒的热血，上午11点，他们还是公然用红油漆在一户富庶人家整洁的墙面上刷上了口号和标语："红色孟加拉我们的红色同志红色塔潘红色鲜血……""烧毁警察局总部……"

可是，还没等口号刷完，卡鲁就被子弹击中了，标语就这么永远残缺着。

巴拉提和他的朋友们属于崭新的一代。他们在墙上书写口号和标语时，内心清楚地知道这会招来子弹。他们群情激奋地想要冲到坎塔普库去。

苏耶姐没有办法为巴拉提的所作所为安上任何一种罪名。

纵使是在他们为巴拉提的死伤心落泪的时候，乔蒂和迪比亚纳特还依然在不遗余力地迫使她睁大眼睛认清现实：社会里的那些刽子手，那些昧着良心往食品、药品和婴幼儿食品里掺假的杀人犯，完全有权活着；那些让人民去面对警察的枪口自己却龟缩在警察保护伞下坐享安乐的领袖，完全有权活着。但比起他们，巴拉提犯下的才是滔天的罪行。其根由在于，他丧失了对这个掌握在唯利是图的商人和被自我利益蒙蔽的领袖手中的社会的信仰。一旦这种信仰的丧失入侵一个男孩、一个少年或者一名青年的心，那么，不管他是十二岁、十六岁还是二十二岁，都注定走向死亡。

一个社会充斥着胆小懦弱、钻营取巧的苟且偷生者伪装成的艺术家、作家以及知识分子，每一个反对这个社会的人，死亡注定是他们应受的判决。

他们统统被判处了死刑。任何人都有权剥夺他们的生命。隶属任何党派、秉持任何信条的人都拥有无限的民主权利来剥夺这群对台上的政党不予承认的年轻人的生命。剥夺他们的生命，任何人无须征求法律或法院的任何特殊批准。

任何个人和杀人团伙享有平等的权利，可以杀死这群"没了信仰"的年轻人。可以使用子弹、刀子、斧头、长矛等一切可以使用的手段，在任何时间、任何地点以及任何人在场的情况下杀死他们。乔蒂和迪比亚纳特把这一切详细地解释给苏耶姐听，可她只是一个劲儿地摇头，不肯相信听到的一切。

不，不是这样的。

巴拉提死之前，令人不明白的是，究竟是什么诱使他陷入对这种"无信仰"的狂热中。

在他牺牲后，随之而来的问题是，杀了他，当局是否真的有能力把巴拉提和他的伙伴主张的对"无信仰"的极端信仰统统扼杀。巴拉提是死了，他的朋友们是死了，但这是否意味着他们未竟的事业终结了呢？

巴拉提的死会是徒劳的吗？他的死是否代表着对当局的集体反对？这些都是遗留下来、尚待回答的问题。

难道这一切都是幻觉吗？他的信念、他的勇气还有他一往无前的激情呢？他是如何在1月16日那天，骗过了苏耶姐，明知那样做自己难逃一死，还毅然穿着他的蓝衬衫离开家去给索姆、比吉特、帕塔和拉尔图通风报信？他临出门时望着苏耶姐的眼神，他是如何依依不舍地凝望着苏耶妲那俊秀、端庄、苍老的脸上那一道道痛苦的皱纹，并试图把它们深深印刻在脑海当中？

苏耶妲一个劲儿地连连摇头，拒绝接受这些。她锁上了巴拉提的房门走了出来。从那天起，那把房门钥匙由她亲自保管，随身放在她的包里。两年来，苏耶妲养成了一个习惯。每天夜里都要起身去那间房里转转，打扫打扫房间，掸掸家具上的浮尘，归置归置床上的被褥，把他的鞋子井然有序地码放在衣架旁边，然后再把他生前穿过的衣服叠放整齐。世界上一定有千千万万个像她一样的母亲，背地里曾偷偷摩挲儿子的衣服，慈爱地拂拭儿子的照片。

苏耶妲坐在巴拉提的房间里，一边跟他闲谈，一边想象着儿子就站在近前。她想到了所有的母亲，无不在暗地里呼唤着她们的儿子，默默感受着母子情深。

苏耶妲向巴拉提诉说着心里话，有时候会得到回应，有时候没有。

乔蒂房间的电话铃响了起来。苏耶妲赶去接电话时，所有这些思绪都涌上了心头。

索姆、拉尔图、比吉特和帕塔的家里没有电话，他们家人当然也就谈不上被电话铃响吵醒。这天早晨，索姆、比吉特和帕塔的母亲都在想些什么呢？

毕妮穿着尼龙睡袍开了门，一脸的不高兴。她讨厌早起，似乎永远都睡不够。

乔蒂和毕妮需要规律的睡眠和休息。苏耶妲的长子和他的妻子深爱着彼此。自从苏曼八个月大起，他们就开始分床睡，但这丝毫没有影响他们成为别人眼中的恩爱夫妻。苏耶妲向来崇尚肉体的欢愉。而毕妮和她的丈夫竟然毫无违和感地做到了爱是爱、肉体是肉体。

他们信奉的是一种不同的爱。每年的结婚纪念日，他们都会在派对上纵情狂欢一番。两人几乎形影不离，要么成双入对出入于各种场合，要么在静谧的夜晚尽享二人世界。苏耶妲有过耳闻，毕妮在夜总会从不与乔蒂之外的男人跳舞，这在社交圈是出了名的。苏耶妲接起了电话。

请问是哪位？

我是南迪尼啊。

南迪尼？

是呀。我回来了。

什么时候的事？

前天回来的。

是这样啊。

我必须要见你。不过我不想在你家见面。你今天来银行吗？

我今天去不了银行，南迪尼。今天是我小女儿图里订婚的日子。

那怎么办呢？

地点你来定吧。只要不是晚上就行。

那四点钟如何？

没问题。在哪儿见面？

我把地址给你，就在离你家不远的地方。

你说吧。

南迪尼说了见面的地址。苏耶妲把听筒放下了。南迪尼！巴拉提和她一直保持着恋爱关系，可苏耶妲一次都没见过她。

苏耶妲端详着乔蒂。唯有他熟睡的时候，苏耶妲才能从他的脸上找到些巴拉提的影子。

她来到走廊上。外面寒气袭人。南迪尼和巴拉提从前共同办过一份诗歌刊物，还在同一个话剧里同台演出过，可惜那会儿苏耶妲生了一场水痘，未能亲临观看演出。家里没有一个人前去捧场，只有赫姆兴奋地说，小家伙赢得了满堂彩，全场掌声雷动，观众都夸他演得好。随着巴拉提飞速长大，他与母亲的关系渐行渐远。每当这种时候，苏耶姐看着他的脸却鼓不起勇气和他说话时，化解尴尬的总是赫姆：我知道你有要务在身，但怎么说也不差这么会儿工夫吧！

一次，巴拉提明着说要去迪卡，却中途下车改奔了其他地方。那次就是赫姆为他打点的行李箱。

妈，小家伙谈恋爱了。厨师亲眼看见那个女孩在等他，和他一道走了。这女孩皮肤不怎么白。这些都是赫姆跟她讲的。

那个女孩就是南迪尼。苏耶姐为何会如此心神不宁呢？难道是服用了巴拉根后没有睡足觉？还是因为南迪尼的那通电话？

毕妮从洗手间走了出来，打扮得楚楚动人。一头齐肩发自然蓬松着，蓝色纱丽外面套着一件蓝尼龙毛线衫。毕妮对颜色搭配很在行，尼帕和图里也是。毕妮浑身透着文静和典雅。

妈，是谁的电话？

南迪尼打来的。

南迪尼？

巴拉提的一位朋友。

毕妮满脸好奇的样子。

妈，你为什么要下楼？

一大摊子事呢。该叫苏曼起床了，还得上学呢。校车一会儿就到了。

图里在楼下呢。

苏耶妲笑了笑。图里的订婚宴是在晚上举行，但早午两顿饭、晚上的各项安排以及家里的方方面面，毕妮都要亲自张罗、操持。除了她，图里对谁都不放心。

图里十六岁的时候放弃了学业，改学手工艺，同时她也担起了主持家政的重任。迪比亚纳特的注册会计师公司逐步稳定后，他想叫苏耶妲彻底放弃工作，可她执意不肯，坚持继续上班。她婆婆活到巴拉提八岁那年才寿终正寝。只要婆婆在世一天，苏耶妲就休想自己做主买一件中意的纱丽。

这就是为什么对她来说拥有一份属于自己的生活，独自上下班如此重要。放弃工作——她是断然不会有这个念头的。

图里继承了祖母的外貌和秉性。对苏耶妲执意上班的决定，图里的父亲和祖母一直怀有怨恨。这母子俩喋喋不休地埋怨苏耶妲心太独，不肯分担持家教子的责任。

时至今日，图里也开始甩这种尖酸刻薄的话，说什么妈妈宁肯一天十个小时泡在外头也不肯着家，家里的一切不都得我这个做女儿的来管吗？如果我不管，谁还会愿意管呢？

图里心里憋着一肚子火和老大的不高兴，没有一刻不是这样。她往杯子里倒茶，指使厨师干这干那的那副神态，着实一副苦大仇深的样子。人人都盼着，但愿结婚能改改她那个臭脾气。

手工艺学成出师后，图里和朋友合开了间印染纱丽的工厂。就这样，她认识了托尼·卡帕迪亚。决定在巴拉提生日那天正式宣布两人订婚的消息的，正是托尼的母亲。卡帕迪亚太太的古鲁斯瓦米吉①生活在美国。根据他的历法，他所挑选的这个日子是个良辰吉日。他的信徒们都对这种特殊的历法严格遵行。该历法没有任何假期，一年三百六十五天，日日皆以修业、

---

① 古鲁（guru）、斯瓦米吉（Swamiji）及小说第58页出现的斯瓦米（Swami）均为对印度教圣贤及宗教教师的尊称，包含的意义极广，有专家、学者、先知、贤人、圣人、哲人、导师、前辈、高人、灵性大师、证悟者等等。

修禅 ① 为课业。托尼的母亲领受古鲁的建议后，迪比亚纳特和图里父女俩谁都不在意征求苏耶妲的意见。

苏耶妲来到楼下，觉察到了图里对她积蓄已久的怨怼。这是图里人生中一个不同寻常的大日子，她埋怨母亲没有及时出现，对她的大日子给予应有的重视。

妈，有吃的吗？

只有一点儿鲜青柠和水。

怎么搞的？难道你疼痛又发作了？

没有。没再疼过了。

我就是想不明白，你干吗非要硬挺着呢？阑尾炎手术如今很普遍的。

但事实不尽如此。阑尾手术并非一种急需施行的手术，切除的最佳时机是在阑尾发炎或者出现化脓的迹象出现之前，病人可以承受最少的痛苦。不过，苏耶妲的病情比这复杂得多。医生怀疑她的阑尾有生坏疽的可能。切除时机不当，极有可能发展成坏疽。假如一旦破裂，后果更加不堪设想。苏耶妲的心脏不好，且患有严重的贫血，对她来说，实施手术不是明智的选择。这一切是苏耶妲前天才知道的。对此，她跟图

---

① Dhyana，意为善行与冥想。

里只字未提，只是淡淡地说：

我会去做手术的。

什么时候去？

等忙完你的婚礼吧。

那要到四月份了。

也许会提前一点儿。赫姆！赫姆！

什么事，妈？

给我拿些鲜青柠和水来。

苏耶妲顺势在桌旁坐了下来。

谁那么早打电话过来？

是南迪尼打来的。

图里涨红了脸，额头上透出十足的怨气。为了检验茶的浓稠度是否合适，她用茶匙把茶壶搅得叮当作响。接着，她开口道——我们何不用摇铃的办法叫大家出来用早餐呢？全家人不是应该围坐在桌边一起用茶吗？要是由着各人的性子想什么时候下来就什么时候下来，那这未免不光对我，就是对家里其他人也太不方便了。

苏耶妲用惊奇的眼神看着图里，图里的口气简直和苏耶妲的婆婆如出一辙。她婆婆容不得小辈们松懈片刻，必须时刻谨记食不言。没有一刻她不在冲他们大吼大叫。家法面前，人人都成了顺毛驴。但巴拉提这个孩子是个例外，只有他胆敢违逆祖母定下的规矩。他喜欢睡懒觉，等他下楼用餐时，盘子往往早就按照家里的餐桌礼仪撤得一干二净了。这时候，巴拉提就会不紧不慢地走到厨房，坐在赫姆旁边的一把矮凳上闷头吃饭。

这真是怪异的家庭、怪异的规矩！

图里很少掩饰自己的嫌恶之情。她才二十八岁，哪儿来的这么多怨恨呢？未来的路还长着呢。

乔蒂睡得晚，没必要这么早叫醒他。再说，你父亲不喝茶。他爱喝酸奶……

我没说爸爸。实际上，他的按摩师一走，我就把酸奶给他送过去了。

毕妮把水和花放到祈祷室① 马上就下来。

真能装！

怎么能叫装呢？你祖母经常搞的那些五花八门的仪式，我打心眼里不喜欢。我不过是象征性地走过场，进献一些鲜花。但毕妮是真的虔诚，就连繁复的普迦②

① thakurghar，意为祈祷室，即英文的 prayer room。
② 普迦（puja），印度教中向神祇膜拜的一种礼拜仪式。

她都照样一丝不苟、满心虔敬地奉行。你怎么能把这说成是装呢？

请恕我无知。生在英国，又在那儿生活了十六年，她从那儿学来的那套虔诚我可搞不懂！

她父亲在英国拥有房产，她就是在那里长大的。可我闹不明白的是，在英国长大跟在祈祷室敬奉鲜花和水，这两者有什么抵牾之处呢？

她要是真的心存敬畏，那另当别论。但对她而言，祈祷室不过是纯粹的室内装饰罢了。

你不也去过公园大街斯瓦米的寺院？

那是另一回事，妈。

我没看出有什么区别。人皆信仰自己选择的信仰。你怎能厚此薄彼，一方面宣称自己的信仰绝对正确，另一方面认为别人的信仰虚伪？

巴拉提不也是这样吗？对别人的信仰冷嘲热讽。

你对斯瓦米的信仰和毕妮对祈祷室的信仰是一回事。可说到巴拉提，你要明白，图里，他信仰的那些东西绝对是两码事。不管怎样，我可不记得他什么候挪揄过其他人。你至多只能说那是对别人信仰的质疑。一旦理论不过他，对方必然恼羞成怒。别人在那儿光火，他倒乐在其中。

妈，你怎么能说巴拉提有信仰呢？他根本是什么都不信。

就此打住，图里，我不想和你谈论巴拉提。

可这究竟为什么呢？

有意义吗？你压根儿不了解巴拉提。

你还要继续……

图里！别再说了！

苏耶妲的手颤抖着，放下了水杯。一段令人难以忍受的静默后，苏耶妲冷静了下来，对赫姆说：喊毕妮下来喝茶吧。

图里，这个从她肚子里降生的孩子，用陌生人才有的那种恶毒的目光死死盯着她，带着近乎愤怒的嘶吼声问道：

今天我得去保险库取首饰吗？

我去就行了。

晚上你在家吗？

在。

我希望你尽量别在托尼的朋友面前搞出什么难堪。

难道……难道你们邀请了萨罗杰？

没错，我们给他发了邀请，但不确定他会不会来。

萨罗杰！

萨罗杰·帕尔。萨罗杰·帕尔，这个十恶不赦的家伙。处处弥漫着虚张声势的威胁。两年来，正是萨罗杰·帕尔一手炮制了"这场大规模的侦查、搜捕和惩处行动。他无与伦比的效率和至高无上的勇气……"

十年解放时期，十年解放时期！一切都委派给萨罗杰·帕尔来组织军队抵制解放。他像个真正的领袖发号施令：残忍的女神、黑暗的女神誓要见到淋漓的血色！萨罗杰·帕尔，圆滑世故、仪表堂堂、拥有白马王子般迷人的微笑和无懈可击的语调，是的，查特吉先生，我绝对可以向你保证……查特吉太太，我非常理解你的心情，我也有妈妈。萨罗杰·帕尔。对，搜查房间。不，查特吉太太，你的儿子骗了你，他根本没去迪卡。中途改了道。误入歧途的青年！没错，民主生了癌。没有，查特吉先生，报纸上一个字都不会提。你是托尼未来的岳父，而托尼是我的……萨罗杰·帕尔。

图里继续狠狠盯着苏耶妲。

够了，够了，妈。是你让这个家沦为了坟墓，妈。当着你的面，爸一句话都不敢说，哥哥整天一副负罪累累的样子……像我们家出的这种事，谁家不怕被传得满城风雨？这都是人之常情啊。巴拉提死了，可你还得为活着的人考虑考虑。你……

难道他们个个都如此迫不及待地遮掩、隐瞒吗？哪怕尸体的身份还没搞清楚？难道非这样不可吗？一个父亲在接到电话传来的噩耗后，首先想到的——哪怕一闪念都没有——不是第一时间赶过去看看死去的儿子，而是只顾考虑把车停在坎塔普库前面绝非明智之举？

莫非对他的父亲和兄长来说，在电话传来那个噩耗很久以前，巴拉提早就死了？也许这就是为什么在苏耶妲还迟迟难以接受这一突如其来的噩耗时他们却欣然接受了一切？也许这就是为什么他们俩这么着急慌忙地托关系、找门路以防消息见报？

苏耶妲目睹着一幕离奇的荒诞剧在她眼前无情地上演，而他们全都是这幕剧中的人物。

巴拉提是这个家庭中的一员。但对他的父兄和姐姐们来说，他惨遭杀害这件事搞得他们都抬不起头来，他们不知道如何向社交圈子里的朋友解释他的死因。巴拉提从未停下来想过会置他的至亲于什么样的困境，他使这个一切都井井有条的家受辱、蒙羞。如今，那个把他们愉快的社交游戏搅得鸡犬不宁的家伙死了，他们不约而同把苏耶妲视为了死者的同党，并自然而然地组成了另一派。

　　作为巴拉提的父兄和姐姐，他们如何说得出口……

　　我儿子是……

　　瞧，我弟弟是……

　　我小弟弟是个……

　　托尼，巴拉提……

　　苏耶姐属于另一阵营或者说敌对阵营里的人。她是家里唯一一个从来没有因为有序的生活被打乱而对巴拉提大加指摘的人。她从来没有怪罪过巴拉提。捶胸顿足、痛哭流涕，她也没有过。她也从来没有把头靠在家里任何一个人的胸口寻求慰藉。她早早就拿定了主意，决不向这些当巴拉提还独自躺在停尸房里时却只顾着考虑自己的人寻求安慰。在情感上，她感到赫姆比巴拉提的父亲、哥哥还有他的那些姐姐们离自己更近。

　　苏耶姐能够觉察到他们是如何在巴拉提开始变化时就把他置于另一阵营的。巴拉提与他们的行为做派不同。他们深知，即使巴拉提长大了，也不会重复他们走过的老路。那么，毋庸置疑，他所属的必然是另一阵营。

　　假如巴拉提像乔蒂一样嗜酒如命，假如他能像尼帕的丈夫一样喝得酩酊大醉却依旧八面玲珑，假如他能像父亲一样和纤细的打字员打情骂俏，假如他能像托尼·卡帕迪亚一样四处招摇撞骗，假如他能像姐姐尼帕一样荒淫放荡，和丈夫的一位表弟同居一处，兴许他们还能把他当成自己人。

假如他们能够指望巴拉提长大后加入他们的社交游戏，他们就不会为他贴上另一阵营的标签了。

可巴拉提连一丁点儿朝那个方向使劲的意思都没有。苏耶妲向来没有因为孩子、女婿和丈夫那好似一个模子里刻出来的做派刻意神伤过。人生的阅历教会她，要顺其自然、随遇而安。她从未想过要提出质疑，也从来不清楚拥有提出质疑的权利。间或，她受到过伤害，痛入骨髓的伤害。迪比亚纳特一贯爱乱搞男女关系。他的母亲对他的不检点不但不管，还一味放纵，认为这是儿子男子气概的象征，说明儿子不怕老婆。苏耶妲被深深地刺痛了，但她依然会自我宽慰：人生在世，谁还没有点儿窝心的事呢？

然而，巴拉提可不像他母亲那样。自小他就是个不惧鬼神的孩子。他一向遵从理智行事，从不会被恐吓所吓倒。在他的成长道路上，苏耶妲见证了一种与众不同的心智在渐渐开启，这种心智在她所熟识的人当中是前所未有的，也是她的丈夫和其他孩子从不曾有过的。

苏耶姐想尽一切办法参与他的生活，和他一起读书，一起逛动物园，甚至还和他的朋友们一起促膝长谈。巴拉提成了她继续活下去的唯一理由。或许，或许，她对巴拉提的占有欲表现得过于强烈了。

为了护着巴拉提，苏耶姐敢公然违抗丈夫和婆婆的成命。哥哥姐姐们打小受的那些荒唐的管教和肆意的娇纵，苏耶姐统统没让他耳濡目染过。其他的孩子都必须完全听命于她的婆婆，唯有巴拉提生活在她羽翼的保护之下，浸润在无微不至的爱与呵护之中。巴拉提生性倔强、敏感且富于幻想。苏耶姐倾尽了全力才使他摆脱了父亲和祖母的股掌。

难道这就是他们仍然如此不依不饶的原因？还是他们内心深处承载着对巴拉提的负罪感？难道他们都在用类似图里的尖刻、迪比亚纳特负疚的寡言或乔蒂的谦卑掩饰这种负罪感？

对此，苏耶姐什么都没说过。她只是淡淡地说：图里，你会幸福的。

下　午

那片居住着二十万人的居民区未按照计划有所扩张。这是地处西孟加拉邦的众多居民区之一。当地的居民抢得了土地，在此定居了下来。起初，地主拥有一块土地、几座花园、几片水塘和人工水库，还有一些小的村落。

1947 年以后，随着迁入人口越来越多，该地区的地图发生了彻底的变化。居民区的面积不断扩张，吞没了农田、沼泽、椰子园、玉米地和好几个村庄。

在该地区的选举中，反对党始终获得多数票。作为报复，政府拒绝为该地区提供修路、设立卫生院、挖凿管井、开通公交线路等基础设施建设。在过去二十年富起来的本地人，也无心为该地区出力。

出于发展的考虑，加尔各答都市发展局 ① 最近才突

---

① 英文全称为 Calcutta Metropolitan Development Authority，简称 CMDA。

然开挖了道路。

骚乱和恐慌一去不复返了。不再有市场和店铺拉下门帘的手忙脚乱，不再有反锁家门的惊慌失措，也不再有人力车夫、流浪狗和街上的行人四散奔逃的景象。如今，再也听不到炸弹的爆炸声、凶残的喊叫声、弥留者的呻吟声和刽子手的欢呼声。

再也没有黑色轿车、戴着头盔的警察和荷枪实弹的军人追捕孤注一掷、形单影只的年轻人；再也看不到绑在警车车轮上的一具具肉身，在柏油路面上被活活拖着、颠着。

近来，再也看不到街头淋漓的鲜血，再也听不到母亲绝望的哀怨。过去墙上写的字不见了踪影，取而代之的是崭新的口号和标语。马祖达尔同志万岁！革命同志！我们永志不忘！青春的血不白流，血债要用血来偿！胜利者用崭新的口号和标语宣告着他们的胜利，旧有的被涂抹得不留一丝痕迹。

青少年，即使在临死时，也不再高呼口号和标语。扰乱了本地生活日常的那两年半动乱，如今已找不到发生过的影子。

幸福和睦的家庭重现了。又可以不受限制地囤积大米了，黑市上又可以自由买卖大米了。电影院不分白天黑夜观众爆满。民众争先恐后拥入神人盛行的寺院，寻求救赎。

往日的那些刽子手纷纷改换了装扮，摆脱了从前的身份，毫无顾忌地游走在街头。过去的一页结束了，伟大的传奇已然翻开了崭新的篇章。

唯有在窄巷的交叉路口，纪念碑犹如不知疲倦的复仇者矗立着，仿佛洁净的身体上留下的一道道丑陋的疤痕。然而，这一座座纪念碑上并未刻下索姆、比吉特、帕塔和拉尔图的名姓。要他们记住巴拉提的名字亦是绝无可能。他的名字和他们的名字仅仅铭刻在少数人的心中。也许是这样吧。

苏耶妲坐在索姆的家里。她从银行的保险库里带来了那些首饰，就装在她的手提包里。一度已经安排好，这些首饰是准备分给尼帕、毕妮、图里和巴拉提未来的新娘的。

尼帕和毕妮已经从她那儿拿走了属于自己的一份。

图里竟声言留给巴拉提未来妻子的那份也归她所有。

苏耶妲盘算着分一些给尼帕的女儿和乔蒂的儿子，其余的统统留给图里。

苏耶妲自己除了手腕上戴着的那只细手镯、一对耳环和脖子上围着的那条细项链外，再也没戴过任何其他的首饰。自从巴拉提出生后，她一条彩色的纱丽都没穿过。

她满脸倦容、身心疲惫。索姆的母亲坐在她近前，无声地流着泪。她虚弱、黝黑的脸上满是泪水。在过去的一年里，她变得愈加消瘦了，身上穿着一件肮脏的、手感粗糙的素白色纱丽。

这是间摇摇欲坠的房子，屋顶爬满了青苔，墙上的裂缝用硬纸板随便打着补丁。尽管如此，这里仍旧是苏耶姐唯一能够找到内心平和的地方。在这里，她感受到了一种回家的感觉。

她们初次见面时，索姆的姐姐号啕大哭。可这一次她不过皱了皱眉。索姆死后不久，她父亲也去世了。打那时起，她就从早到晚四处给人讲课贴补家用。火葬时熊熊燃烧的柴火燃尽了尸体的全部，而家庭重担的烈焰耗尽了索姆的姐姐，她看上去怒气冲天。索姆的死使她的生活如同行尸走肉一般。他是家里唯一的男孩。为了让他上个好大学，他们的父亲没有为他姐姐在教育上花过一分钱。她自己的学费都是靠她给人当家教一分一角挣来的。

索姆的姐姐嫌恶地瞪了她一眼，连招呼都没打一声就走了出去。苏耶姐看得出来，养家糊口的重任压到了她一个人的肩上。一想到有外人年年造访，使她们重又想起死去的弟弟，她就打心眼里厌烦。苏耶姐满心的无奈，用乞求的眼神望着她。她多么希望恳求她不要紧锁大门、容许她偶尔过来坐坐。但她难以启齿。索姆的姐姐走了出去。

索姆的母亲扑簌簌地落着眼泪。苏耶姐就在一旁静静地等着。

她们劝我说，妈，别哭了。人死不能复生，他回不来了。她们又劝我道，想想别人。想想帕塔的妈妈。她失去了帕塔。他哥哥到现在都有家难回，躲在他姑姑家或者鬼知道什么地方。

他还没有回来？

没呢，大姐①。死了的无论如何是回不来了，这没什么可说的。可活着的人也有家难回。大姐，你说，这叫什么判决呢？

索姆的母亲泪流不止。

苏耶姐第一次登门拜访是在事发一年后。当时，她顾虑重重。索姆的母亲刚刚在几个月前守了寡。当

———————————

① Didi，意为大姐。

她向四邻打听索姆家的住址时，那些年轻人全都用惊诧的目光审视着她。一开始，没人愿意告诉她。最后，终于有人给她指了指那幢房子——喏，就在那儿。

索姆的母亲满脸疑惑，她的眼睛一眨不眨地瞧着苏耶姐身上那件价格不菲的白色纱丽、雍容华贵的外表和她那张被银发包裹的精致而沧桑的脸庞。

我是巴拉提的母亲。

话一出口，这个女人就喊叫起来——我的索姆啊！——号啕大哭。她一把抱住苏耶姐道：大姐啊，是你的儿子及时给他们报的信儿。他是为他们而死的呀。得知索姆回来后，他就过来找他。他跟我说找索姆有急事谈，而且不能久留，得马上离开。我拦住他说：已经是深夜了，这会儿要从那片居民区走可不太安全。我劝他晚上在这儿留宿一晚，等第二天早上再走也不迟。不承想，他们已经等不到下一个早上了。那天夜里，大姐，就在我家这间小屋里，索姆、帕塔和巴拉提他们三个挤在一起睡了一觉。

就是这间小屋？

对，就是这间小屋。

况且，也没有其他屋子了。我女儿带着妹妹们在屋外的窗台上凑合了一夜，窗台上有条栅栏护着。几个小伙子就睡在屋里，我坐在窗边替他们放哨。

巴拉提当时在你家?

是的，大姐。我死去的男人是个穷得叮当响的小店主，什么本钱都没有。他有个货摊儿，主要卖些练习册、铅笔、书写用的石板啦这些零零碎碎的小物件。盖这间房子花了他老鼻子了。小伙子们就挤在墙角。索姆他爸爸熬夜等着早起叫醒他们。他们躺在我那张破烂不堪的垫子上不停地聊啊、笑啊。大姐，巴拉提的笑脸至今还在我的眼前。你的儿子有着金子般的肤色。

巴拉提常常来这儿?

不是一般的经常。他常过来讨水要茶喝。多么可爱的孩子啊!

巴拉提常常来这儿。在这儿喝茶，在这儿聊天，他在这儿度过了大把的时光。

苏耶姐用全新的眼光扫视着索姆的母亲、他们住的屋子、墙上挂着的从日历上扯下来的图片，还有缺了把手的水杯。

巴拉提，她的亲生骨肉，那个出生时差点儿害她丧命的孩子，那个变得与她形同陌路、坚不可摧的青年，又一次涌入了苏耶姐的脑海。

在梦里，依稀可见巴拉提穿上他那件蓝衬衫，梳理自己的头发。抑或，凝视着她。

端详着她的脸。

经历了无眠的长夜后，每当苏耶妲疲倦得抬不起眼皮的时候，巴拉提就会站在楼梯的底部深情凝望着她。苏耶妲苦苦央求道：巴拉提，你别走。巴拉提只是那样看着她。苏耶妲冲他喊道：巴拉提，你干吗不上来呢？巴拉提还是那样看着她，一句话都不说，嘴唇上没有一丝笑容。

可是在这里，巴拉提会说、会笑，会请索姆的母亲为他沏茶倒水。

索姆的母亲喃喃说道：我过去常劝他，我的孩子，你干吗这么浪费生命呢？你该有的全都有了。你父亲的大名如雷贯耳，母亲学识渊博。可他总是一言不发，只是笑笑。大姐，他的笑容始终浮现在我的眼前。

苏耶妲的心痛如刀绞。巴拉提的微笑，那灿烂的微笑。她曾以为所有的回忆只属于她一个人。为何她从来都不知道，原来巴拉提也把回忆留给了索姆的母亲？

巴拉提那天在家，坐在二楼他自己的房间里不知写着什么。到了后来，苏耶妲才发现他是在起草预备写在墙上的口号和标语。他们搜他的房间时抄走了那些纸张，家里连一张也没留下。

如今，留在家里的都是些书、练习册、获奖颁发的书籍、金牌、和朋友们在大吉岭合影留念的一张快照、一双跑鞋和运动会上发的一只水杯。这些全都是巴拉提学生时代和大学时期留下的东西，承载了他人生当中的数年时光，苏耶姐尘封的记忆随之打开了。妈，我要拿奖。你不来吗？这是巴拉提去邻近的公园加入男孩俱乐部① 那天。在独立日的游行中，巴拉提和男孩们敲着军鼓、吹着军号昂首阔步地齐步前进。还有一天，他捧着足球比赛决赛的奖杯，拖着一条断腿兴冲冲地回到家中。

从他发生改变的时候开始，一切都没有了。书籍、纸张、宣传册、写有革命口号和标语的传单、最后一年订阅的杂志都被清理得一干二净，不见了踪影。苏耶姐被告知，所有这些东西都循例焚毁了。

巴拉提整天都待在家里。苏耶姐从银行下班后看到他在家，甚是惊讶。直到后来她才知道，他是守在

---

① Boys' Club，指加尔各答的社区为辖区内的男孩所办的青年俱乐部。

家里等电话。他知道索姆他们要回来。已经有人捎信，让他们勿回。但巴拉提不知道的是，带信的人并没有把口信带到，而是直接带给了那些布下圈套、伺机杀害他们的刽子手。电话打来的时候，他知道情形危急了。

这就是他们为何牺牲的原因，他们信任的人太多了。巴拉提和他的同伴们从未意识到，他们掏心掏肺给予信任的人有可能在好处面前禁不住诱惑，有些人一份工作就被收买了，有些人是出于安全的考虑，还有些人是为了追求幸福的生活。他们从未意识到有许多人加入他们的唯一目的就是背叛。巴拉提太年轻了。信仰的激情蒙蔽了他们的双眼，让他们看不清现实。他们并未意识到自己所在抗争的制度拥有甚至可以腐蚀子宫里的胎儿的强大能量。巴拉提和他的同伴们坚信，所有青年人都把自己献给了这份伟大的事业，面对死亡，他们毫不畏惧。所以，巴拉提自然以为索姆他们肯定收到信儿了。他守着电话，不过是为了确信他们都已经安全了。

白天匆匆过去，夜幕降临——加尔各答的冬天天黑得早，巴拉提一定意识到了，要是有消息，这会儿他应该已经接到了。等到下午还没来电话，巴拉提心里开始打鼓了。眼看着下午黑到了晚上，苏耶妲下班回来了。

你今天没有出去？

没有。

为什么？

没什么为什么。来，咱们喝茶吧。

母子俩一起饮茶。巴拉提背对着门坐着，身上裹了件旧披肩，颜色略微发蓝，上面布满了一个个小洞。巴拉提冬天在家总是随身裹着它。苏耶妲时常念叨：把它脱了，巴普。换件衣裳穿。

巴拉提总会学赫姆的样子说很"晚和"①。

这就是他披的那件披肩。巴拉提没有梳头，身后的门大开着，过去就是庭院尽头的那堵墙和洗东西的水龙头。

喝完茶过了好久，巴拉提在拿毕妮寻开心。几天前，他和朋友们一起去了趟迪卡。苏耶妲后来才知道，他根本没去迪卡。据她所知，克勒格布尔车站集结了大批的警察。头戴钢盔的军警登上去往迪卡方向的汽

———————————

① 巴拉提在学赫姆说话，原文为"awm"，英文实际上应为"warm"。

车，用手电晃着乘客的脸挨个核查他们的长相。在途经个别村子时，长途车被强制慢速通过。通往迪卡的道路两旁站满了执勤的警察，刺刀在暗夜里明晃晃地闪着寒光。巴拉提没有去迪卡。

当时，苏耶姐对此毫不知情。毕妮也被蒙在鼓里，不断地向巴拉提打听着迪卡的新鲜事。

巴拉提告诉她：迪卡是个肮脏不堪的地方，连个落脚的地儿和像样的吃饭的地方都没有。

可我表姐去过那儿，她从没说过那儿的不好。

她是你表姐，是吗？

好像你不认识她似的！她常和你的好哥们儿迪帕克一起打网球。你不是老去迪帕克家里玩吗？

我怎么会认识你表姐呢？

苏耶姐接过话头：你不需要认识她。但凡去过他们家，你一定会注意到她。

这是为什么？

因为她是个大美人。

比你还漂亮？

毕妮插嘴道：妈，他在拍你马屁呢。倒要看看他葫芦里卖的什么药。

不能这么说，毕妮。电影票钱和零花钱他都用不着了，没必要再拍他妈妈的马屁了。事实上，连妈妈他也用不着了。

妈，瞧你说到哪里去啦！

妈，你可太笨了。毕妮说道，换作是我，他国家奖学金的钱一发下来就直接揣自己腰包占为已有。

嫂子，这可没那么简单。不信，你去问问我哥就明白了。

为什么要问你哥？

大哥简直笨得不行。他花光了零花钱，就会向我的小金库里头借。这钱都是我参加圣线仪式①积攒下来的。还的时候，他连本带息一并偿还。

苏耶姐感觉得出来巴拉提是在有意回避问题。她曾经问过他：你究竟需不需要妈妈？你有尽力去了解过妈妈的感受和想法吗？你总是在逃避，总是在躲闪。每次都搪塞说有写不完的作业。

我是真的有作业。

孩子啊孩子！作业就这么多吗？已经都多到这种程度了？那你将来要是有了份像你哥那样的正经工作，

---

① 圣线仪式（sacred thread ceremony）为婆罗门的入法礼。在该仪式上，男孩首次佩戴圣线，以表明其种姓。

你该怎么办呢?

巴拉提辩驳道：你为什么老觉得我的工作不正经呢?

闲聊天是正经工作?

难道不是吗?

对了，先生，对了。我知道了。

你知道什么了?

我知道，和南迪尼闲聊是再正经不过的了。

我和南迪尼聊天? 这都是谁跟你说的?

为什么非得有人跟我说呢? 难道我没接听过南迪尼打来的电话?

巴拉提莞尔一笑。是那种不出声的笑，笑得眼睛都没了，满脸灿烂的笑容。遇到令人尴尬的问题，他总是一笑而过。

妈，咱们玩盘鲁多棋吧。

毕妮重申道：妈，巴拉提今天肯定有事。

来跟我们一起玩吧。

不行，不行。我约好了陪图里出去。要是放了她鸽子，她非跟我急不可。

你不想去为什么还要去呢?

巴拉提语气平和而坚定。

苏耶妲和巴拉提之前上楼玩了盘鲁多棋。苏耶妲当时问道：巴拉提，南迪尼是谁？

是位年轻的女士。

你不想让我见见她吗？

只要你想的话。

我想啊。

你不会喜欢她的。

为什么？

她长得一点儿都不美。

那又怎样？

一家之主不会喜欢她的。

背着他，巴拉提都称呼他父亲为一家之主。自从他记事起，这句话在他耳边重复了不知有几千遍了：我是一家之主，人人都得听我的。

那又如何？

妈，你知道一家之主每天五点之后都去哪儿吗？

苏耶妲猜想巴拉提有可能已经知道了迪比亚纳特和打字员有染的事。

为什么突然问这个，巴拉提？

随便问问。你知道吗？

不用管它，巴拉提。

巴拉提专心玩了会儿棋，然后问道：妈，我是不是让你受苦了？

我为什么要受苦呢，巴拉提？

直接回答我，妈。

我没受苦，巴拉提。

有时候我会萌生这样的感觉，你为我受尽了苦，但大哥和姐姐他们就不会令你这样。

苏耶妲没有回答，她从来不会撒谎或隐瞒事情。

你为什么不说话？

受苦？你指的是什么意思，巴拉提？

受苦就是受苦呗。

我怎能奢望每个人都按照我的意愿生活呢？他们有他们的脾气秉性。他们开心，我也就满足了。

那他们开心吗？

反正他们是这么说的。

太奇怪了！

有什么好奇怪的？

妈，你为什么这么消极呢？

那我还能怎样？对子女的消极态度，都是被人训教出来的。你父亲还有你奶奶……

迪比亚纳特几乎剥夺了苏耶妲身为母亲应有的大

部分权利。他的母亲统揽家中大局。迪比亚纳特从来不知道，一个人敬重自己的母亲是可以不必以羞辱妻子为前提的。妻子被踩在他的脚下，而母亲则高高在上。这就是他所信守的道德观念。

婚后不久，怀有强烈自尊和尊严的苏耶姐就意识到，她越是对家里的大小事情置之不理，其他人就越是满意。所谓的"其他人"，其实指的就是迪比亚纳特和她婆婆。乔蒂、图里和尼帕心知肚明，自己的母亲在家里就是个次要角色。他们从来不把她放在眼里。在苏耶姐心里，他们迟早有一天会归属为"其他人"。

当然，迪比亚纳特根本没兴趣去细究这些深层的创伤。他对妻子采取的是一种若即若离的态度。从他的角度来说，做妻子的必须爱自己的丈夫、尊重自己的丈夫、服从自己的丈夫。反过来，丈夫要赢得妻子的尊重、爱和忠诚则什么都不需要做。他建造了属于自己的房子，手下有用人听从使唤，他认为这就够了。对他在外面与年轻女孩的桃色事件，他丝毫不加掩饰。他认为有权这么做。

不过，他并不是个完全不顾及他人的人。公司拥有可观的利润后，他立马劝苏耶姐辞掉工作。

但她执意不肯辞职，这铸成了她第二桩违逆的铁证。

迪比亚纳特非常清楚，孩子们对他的不检点是有所察觉的。但他一点儿都不觉得害臊。他知道，头三个孩子绝不敢冒犯他这个做父亲的。关于他在外头花天酒地的那些事，他们都认为那是他男子气概的体现。

他曾这么跟乔蒂抱怨道：你母亲真是令人匪夷所思。干吗不辞职？她又不是那种渴望独立、认为工作很时髦的女人。能辞职不辞职！真是想不明白。

你有劝过她吗？

我跟她说：你不用再上班了。如今妈已经死了，你何不辞掉工作，一心在家打理家事呢？她回答说：孩子小的时候，我兴许会乐意照顾一家老小，那时我却无事可做，连承担一点点责任的权利都没有。现在孩子们都大了，家里的一切都井然有序了。我觉得没什么需要我的地方了。

迪比亚纳特从来都不了解苏耶姐。她既不是那种思想超前、有维权意识的独立女性，也不是那种开着私家车绕着加尔各答满街跑、从事时髦行业的时髦女郎。

苏耶姐寡言少语、不苟言笑、外表老气。她很少用家里的车，通勤靠坐有轨电车上下班。她也很少出门，从不参加亲戚朋友组织的社交活动。下班回到家，她要么读会儿书，要么给花草浇浇水。如果小儿子碰巧在家，就和他闲聊几句。

拒不离职是苏耶妲第二次流露她反叛的一面。第一次是在巴拉提两岁的时候，她拒绝再为人母，生第五个孩子。

迪比亚纳特当时就发火了。他忿忿地说：一旦结婚，夫妻双方都要对彼此承担相应的义务。我看不出你有什么反对的理由。

我坚决不生。

苏耶妲斩钉截铁地回答道。

你这是在剥夺我应有的权利。

你所收获的满足感向来没有倚重过我一个人。

你这话什么意思？

你我心里都清楚。

尽管以前苏耶妲凡事都对他俯首帖耳，为他生儿育女，但迪比亚纳特依然我行我素，出去和别的女人睡觉。自从苏耶妲回绝了他之后，他的婚外性生活更加变本加厉了。如果说这是为使苏耶妲心生负疚所设置的陷阱，那么，她并没有使他的阴谋得逞。

巴拉提去世的前一天，她本来是有机会把这一切都和盘告诉他的。但是她没有。现在她知道，关于这一切，巴拉提心里都明白、知晓。他凝视着母亲。当他还是个只有十岁大的孩子时，每遇到母亲生病，他都会丢开游戏飞奔回家，对她嘘寒问暖：我能坐在这儿给你扇扇子吗？

迪比亚纳特常说巴拉提是软蛋，是个被妈妈宠坏的孩子，没有一点儿男子汉的气概。但他就义时所展现出的大义凛然证明了他的力量和勇气。

那天，巴拉提坐着看了她好久。然后提议道：咱们别下棋了，不如聊会儿天儿吧。

等我一下。我去厨房嘱咐他们一声，去去就来。

不是有姐姐 ① 在吗？

没有。图里在忙托尼展览的事儿呢。她过会儿来接毕妮。

好。

你明天晚餐想吃什么？

嗯？怎么突然想起问这个？

明天不是你的生日吗？

真的哎！你是怎么记住那么多生日的？

----

① Chhot-di，意为姐姐，但不是大姐。大姐对应的词是 Bor-di。

有什么办法呢？

我永远都记不住。

但我从没记错过。

那你会给我做特别的牛奶米布丁喽。

反正每逢有人过生日我都会做这个。

等等，咱们好好想想你能给我做什么。

只要不是肉就行。

为什么？难道一家之主在家吃饭？

嗯。

那你喜欢做什么就做什么吧。

苏耶妲下楼的时候，电话铃响了。离开时她看见巴拉提拿起了听筒。

她上楼来瞧了瞧。巴拉提穿着蓝衬衫、蓝裤子，正在梳理他的头发。

怎么了？

我得出去一趟。能给我点儿钱吗？

去什么地方？

有点事要办。能给我钱吗？

可以。什么时候回来？

一会儿……很快……就回来。

巴拉提把手伸进裤兜里摸索着，把一片纸撕得粉碎。

你从哪条路走?

苏耶姐只是随口一问，内心并未产生什么特殊的恐惧。那时候的加尔各答，境况非同寻常。对岁数大的或者四十岁往上的人来说，任何地方都是安全的。但对年轻人而言，加尔各答充满了太多的禁区。

只是到最近，苏耶姐才翻了翻以前的一摞旧报纸，两年半之前发生在加尔各答的一切让她惊讶不已。

在那些日子里，她仅仅是有所感知，似乎有什么事，不，是周遭的一切都陷入了混乱。当巴拉提还没死，苏耶姐还不知道他将在劫难逃时，看报纸给她的感觉是一次次血腥事件带来的震惊。

那时候，家里其他人甚至连报纸都不看。他们说，报纸上净是些可怕的报道，不是多少人被杀了，就是他们是怎么死的。

既然他们如此反感新闻，苏耶姐和巴拉提就成了家里唯一看报纸的两个人。

苏耶姐一般都是在去银行上班前翻翻报纸。在她眼里，加尔各答这座城市似乎出了什么问题。尽管那些古老的地标性建筑——梅登公园、维多利亚纪念馆、地铁电影院、甘地塑像以及纪念碑——都还在，但加尔各答已经变了，变成了一个她认不出、猜不透的加尔各答。

后来，她重去翻阅以前的旧报纸时发现，就在她房间里的电话铃响起的那天早晨，黄金价格一如既往上涨；加尔各答各家银行的交易量高达数千万卢比；一头小象从达姆－达姆空运至东京，带去了印度总理对日本小朋友最诚挚的祝福；欧洲电影节在加尔各答隆重开幕；加尔各答的激进艺术家和知识分子在红路和班纳吉路上的美国中心门前游行，抵制发生在越南的暴行。

一切如常，映现出加尔各答的常态，体现了这座城市是全印度最有觉知的城市。

所有这一切都表明，那天发生在这座城市里的事件并无异常。可是，巴拉提从巴哈尼普尔走到南贾达沃普尔的这段路是相当危险的；巴拉萨特的八名年轻人还没出区就被勒住脖子，随后被枪杀。在东加尔各答，一群年轻人把他们一个发小血迹斑斑的尸体抬到一辆人力车上，敲锣打鼓、载歌载舞沿路护送，那阵势就如同抬着神像去施浸礼。

当地那些激进的民众面对这一场面丝毫没有觉得不自然。

就在一年零三个月后，加尔各答的作家、艺术家和知识分子出于对孟加拉的同情，还有对孟加拉伟大事业的支持，把西孟加拉邦搞得乌烟瘴气。毋庸置疑的一点，他们一定是在思考正确的思想，而苏耶姐这样的母亲们所走的路线必定是完全错误的！西孟加拉的青年被剥夺了从城市的一个社区到另一个社区的行动自由，面对这一情形，如果他们基本的良心始终不为所动，他们就一定不会有错。

西孟加拉的年轻人所面对的致命危险不足以达到举足轻重的地步。如若真的那么重要，这座传奇之城游行队伍中的艺术家、作家和知识分子怎会不拿起笔杆子呢？

索姆的身上有二十三处伤口，比吉特身上有十六处，拉尔图的肠子被扯了出来，缠满了全身。毫无疑问，这一切跟残暴与兽行绝对扯不上半点儿关系。不然，加尔各答的那些诗人、作家早就隔着边境与紧邻的同仁，就残忍的暴行侃侃而谈了。既然他们没有，既然他们能一面对每天发生在加尔各答、令这座城市蒙羞的流血事件置若罔闻，一面又对邻国野蛮的死亡仪式专注不已，他们的洞察力必定是完美无瑕的。而错的一方无疑是苏耶姐。在整个社会当中，这些诗人、作家、知识分子和艺术家，都是理所当然的尊者，是国家公认的代言人。

而苏耶姐算得了什么？一个普通的母亲而已。就算是到今天依然为无数问题内心备受煎熬的那数以万计的女性又怎么样？也只不过是一群普通的母亲罢了。

最后一次出门前，巴拉提和往常一样穿着蓝衬衫，用手拍理着翘起的头发。苏耶姐问他：去哪儿啊？

巴拉提停顿了片刻，微笑着答道：去阿利普尔。要是回来得太晚，我就在罗努家过夜。不必担心。

巴拉提当时心里清楚肯定发生了可怕的事。负责给索姆他们捎口信的人没有如约把消息带给他们。在这种情况下，他们是不该按既定计划回来的。

然而，他不清楚的是，捎信的人非但没有提醒索姆他们提高警觉，反而向那些埋伏在四周的刽子手泄露了他们返程的行踪。

巴拉提心里盘算，他要在当天晚上见到索姆他们，并带他们安全撤离。至于成功与否，他并没有抱太多的希望，只是坚守信念、放手一搏。

他临走前说的那句"不必担心"说得如此平常、如此随意，彻底打消了苏耶姐内心的忧虑。

和罗努待在一起万无一失。

米莉·米特和基舒·米特的儿子罗努的家是非常安全的。罗努在学校的时候和巴拉提是同学。在他住的那一带，他可是个离经叛道的人物。学生时代他就成立了自己的流行乐队在卡巴莱①唱歌。作为对社会的反叛，他常和白人游客②一起抽大麻。不过有一点，他是无害的。

要是那晚巴拉提和罗努在一起，他是绝不可能出事的。苏耶妲叮嘱他说：告诉赫姆把门关上。千万别忘了啊。

我会跟她说的。

下楼梯到一半时，巴拉提忽然停住了脚步。苏耶妲感觉到了，抬眼瞧了瞧，来到走廊看着他，发现巴拉提正凝望着自己，一脸严肃、认真地端详着她的面庞。

母亲的第六感，母亲的第六感——完全是胡说八道！苏耶妲没有任何不祥的预感。假如像众人说的那样，母亲总是有预知的能力，可她怎么就没预感到有什么不对劲呢？

---

① 卡巴莱（Cabaret），指有歌舞表演的餐馆或夜总会。
② sahib，原指印度旧时对欧洲男子的尊称，意为"先生"。此处指的是白人游客，通常都属于穷游族。

没有，她什么都没猜中。

后来她才知道，罗努和巴拉提一年半以前就不再联络了，两人甚至连个共同的朋友都没了。巴拉提没跟她吐露实情。

睡觉时，苏耶妲的身体酣然入眠，但感知力高度机敏。睡梦中，苏耶妲时常站在楼梯的顶端，巴拉提就站在她下方几步之遥的台阶上。睡梦中，她很清楚地知道，巴拉提不会去罗努家，他要赶着去给索姆他们送信。睡梦中，她恨不得一个箭步把巴拉提拽回来，恨不得放声高喊——巴拉提，你回来呀！

可是，她一个字都说不出来。睡梦中，她的脚变成了石头。巴拉提凝望着她的脸，静静地等着。这时，三处清晰可见的枪眼儿在巴拉提的咽喉、腹部和胸部泛着寒光，把他的蓝衬衫扯得粉碎；一道利刃割开的疤痕一直从后脑延伸至他颈部的末端；她眼睁睁地看着巴拉提的脸部轮廓在一点点扭曲变形。苏耶妲顿时被拉回到现实。每一次从睡梦中惊醒，苏耶妲都会心生某种奇怪的幻觉，仿佛巴拉提一刻都不曾离开过她，仿佛巴拉提只是刚刚离开。

巴拉提离开的那天，她没有感到丝毫的恐惧和不祥的预感。那天晚上，她照例给迪比亚纳特预备好了每晚服用的助消化药。见苏曼突然哭闹起来，她照例把他抱出去哄他不哭。她提醒赫姆，第二天是巴拉提的生日，她千万要记得买升牛奶回来，做牛奶米布丁。

一切的一切都是普通如常的家务琐事。

苏耶姐知不知道，就在那天晚上，在午夜的前夕，有一大群人堵在索姆家门口？当地的长者，那些有头有脸的老绅士高声大喊——把他们统统赶出去！

苏耶姐第一次站在索姆母亲的面前，坐在他们家里的时候，在她看来，这是一个有着人类正常反应的正常家庭。

她意识到，尽管索姆的母亲目不识丁、智力平平、说话时往往词不达意，却能和她这样一个受过教育、看法清晰、能言善辩的人想到一处去。

压抑在她心头的忧虑被索姆母亲呼天抢地的哭诉宣泄了出来——大姐，他们为什么非得要了他们的命不可呢？哪怕是致残致伤，给他们留条性命呢？那样，至少我还知道我的索姆还活着！……哪怕他住得离我十万八千里也不要紧。哪怕他们让他蹲监狱呢！那样，至少我知道他还活在这个世上！你倒是跟我说说，老天为什么要这么惩罚我呢？

索姆的姐姐苦劝道：妈，你别哭了。人死不能复生。他撇下你走了，妈。妈，看着我，你得想开点儿。

我常常问自己：哭有什么用呢？可我的心就是过不去这道坎啊。

就算流一辈子眼泪又能怎么样呢？

你说得对。大姐，这就是我的命啊，打一落生就命该如此。连野狐狸、野狗听了，都得为我这个苦命人掉眼泪。我父亲老早就把我嫁了出去。我那个男人没受过什么教育，大字不识一个。他是家里的老大，得顾好一大家子人。在农村，他有一块收成不错的地。可在这儿，他一无所有。他不是那种会争会抢、改变自身命运的人。一路走来，除了受苦，还是受苦。

苏耶姐一字一句地听着索姆母亲的话。

他让孩子们都上了学。大姐，眼下没文化可是不行啊。索姆上学没让他花过一分钱。每年他都拿奖学金。正是有了奖学金，他才进了那所大学。把他领向那条路的到底是些什么人？又是谁让他选择送死呢？我不止一次问过他——你都在忙些什么？你要去哪儿？可他每次都反问道：妈，你到底在担心什么呢？我做的又不是坏事。当时，我真的搞不明白。

索姆的姐姐问：阿姨①，茶，要吗？

一点儿就行。

索姆的母亲接着说：我这个女儿放弃了上大学的机会。全部时间都拿来做家教、学打字了。还有一个小一点的让她姑姑领走了。就这样，还有两个妹妹呢。大姐，靠她一个人给人讲课挣的钱养活一家四口是真不容易啊。

索姆的姐姐端来一杯茶。苏耶姐从未用这种杯子喝过茶。

全都是命。儿子长大成人，原本我们是盘算着他能完成学业、找份工作赡养我们两个、送他姐姐出嫁。可现如今，我女儿的额头上还能指望涂上朱砂②吗？

别总这么想，事情会一点点好起来的。总有一天她会出嫁的。

苏耶姐说的这番话完全是诚心诚意的。但索姆的母亲很有可能会把这番话理解成相反的意思而大为光火。就算她真的发火了，谁也挑不出什么理来。毕竟，在一没父亲、二没嫁妆、三没依靠的情况下，说索姆

---

① Didi，指母亲的姐妹，也是对年长女性的一种称呼。
② 朱砂（sindoor）是印度女性涂抹在女性头发分缝间的朱红色标记，是已婚身份的象征。

的姐姐总有一天会结婚，这样的玩笑简直太过残忍了。

索姆的母亲没有发作。她握着苏耶姐的手说：大姐，愿上天保佑她吧。

她又继续道：他们为什么非要来这儿呢？他们四人都住得很远，为什么非要回来送死呢？你儿子为什么非要来给他们送信，陪他们白白送命呢？你还有一个儿子，可以把他紧紧抱在怀里，忘却丧子之痛。可我就他这么一个儿子啊。小时候，他差点儿因为伤寒丢了性命。当时我是拼尽全力才保住了他一条命啊！难道这一切都是为了今天这样的结果？

十年级时，巴拉提也得了黄疸，病得面黄肌瘦。凡是给他吃的都得精细准备，不能有一点儿辣椒。苏耶姐戒掉了一切巴拉提不能吃的美食。他唯一能吃的肉食就是鸡肉。从那时起，苏耶姐戒掉了一切肉类，再也没碰过荤腥。

其他几个男孩儿都住在这片吗？

他们要么是这片的，要么是附近的。比吉特的姐姐把她妈妈带去坎普尔了。帕塔的母亲精神完全崩溃了。这个体弱多病的女人惊闻噩耗后瘫倒了、卧床不起。死神夺走了她一个儿子，而另一个儿子则流落他乡。据说，他要是回来，准得被大卸八块。

他是帕塔唯一的兄弟?

是的,大姐。帕塔的母亲不下床,不进食,一直哭喊个不停——把我的儿子还给我!大姐,你说,她是不是快疯了?女人的命就像乌龟,只有死了才能获取安宁。

还有一个男孩儿呢?

你是说拉尔图吧。她母亲倒是不用为他备受煎熬了,她早就死了。拉尔图一落生就没了母亲。他父亲一把年纪再婚时,拉尔图一气之下搬到了他姐姐家。街坊四邻里找不出一个像他这样的人来。他学业出众、身强体壮。一般来说,不管什么时候,凡是有什么事对居民区的大家有用,都是他第一个冲出来。

他住在附近吗?

在两个居民区之外吧。拉尔图、帕塔、比吉特、索姆,他们都是同一类人。只要有他们在,周边就没有人说坏话、干坏事。拉尔图激励、鼓动民众加入这场运动。这个可怜的孩子一人承担了沉重的代价。

苏耶姐想起来在停尸房看见过几具尸体。在火葬场,她看见一众男女在痛悼死去的亲人。

当时,她并不理解那些尸体、那群悲痛欲绝的男女和她有什么关系,为什么他们和她是一起的。现在,她意识到,巴拉提不仅死后和他们在一起,生前也和他们在一起。

在巴拉提自己铸就的那段人生当中,他是最真实的他,那些男孩,而非他的家人,成了他最亲近的人。儿子、弟弟——这些都不过是巴拉提一生所背负的一套毫无生气的定义罢了。

然而,巴拉提用他的信仰、理想和思想构建出另一个巴拉提。这个巴拉提爱他的母亲,母亲也爱着他,却不了解他。反而是这些男孩对这个巴拉提,这个不为他母亲所知的巴拉提了如指掌。这就是为何他们至死都对彼此不离不弃,恰如苏耶妲发现自己已然同那些丧失至爱、背负着重负的人密不可分。

在巴拉提死后的一年里,直到她来探访索姆的母亲,苏耶妲一直让自己沉浸在悲伤的牢笼里。

倾听了索姆母亲难以自制的悲叹,倾听了她对那些男孩的追忆,苏耶妲意识到,巴拉提终究没有把她孤零零地丢弃在悲恸中。他赋予了她同病相怜的纽带,给了她一个崭新的家庭。

可问题是,她如何才能在这群人当中获得真正的释然呢?她很富有,来自不同的阶层。他们凭什么接纳她呢?

索姆的母亲说道：拉尔图如饥似渴四处找工作，却处处碰壁。为此，他受了沉重的打击，心里憋了一肚子火。

　　说到这儿，索姆的母亲又一次流下了悲伤的眼泪。苏耶妲用手抚摩了几下她的手臂。

　　一年来，这房子变得愈加破烂不堪，越发显出这户人家的穷困潦倒。没客人时，想必索姆的母亲所穿的纱丽一定不是这样的。见苏耶妲来了，这才赶紧回屋换了件像样点儿的来穿。眼下她身上穿的这件都是千疮百孔，补丁摞着补丁，那她平时在家还能穿成什么样呢？

　　苏耶妲目之所及，茅草屋顶已塌了一半，用木棍勉强支撑着。矮床架也没有，地上摞了几块砖，上面铺了块木板草草了事。走廊里饭也做不成了，只见屋角摆着一个小泥炉、一口平底锅和几只碗碟。

　　索姆母亲的面色又苍白了许多，脸上又平添了几道皱纹。看起来，她就像是一个在绝望中被命运彻底击溃的人。她的脸上挂着一副死人般的惨相，这副惨相，你偶尔可以在街边的弃儿、街沟里的猫崽或者瘦骨嶙峋的小乌鸦脸上捕捉得到。

　　和母亲不同的是，索姆的姐姐满脸坚毅、自矜和愤怒。过去的一年里，她咬紧牙关、拼尽全力养家糊口，饱受了无数的痛苦与辛酸。苏耶姐充满渴望地盯着索姆的母亲，看着他们这个家。头脑中不断有声音告诫她，她再也不会来这儿了，她再也不会与索姆的母亲促膝长谈了，摆脱了孤独的感觉也再也不会有了。下一年的1月17日，苏耶姐会干些什么呢？从去年1月17日到今天，她心里知道，自己始终有个能够坐坐、有人陪陪的去处。不过，她也明白，索姆的姐姐一向对她爱搭不理，她一来，她就走开。她的态度分明是告诉苏耶姐，她在这儿是不受欢迎的人。

为此，她才这么恋恋不舍地环视着这间屋子，凝望着索姆的母亲。在这间屋子里，巴拉提曾度过他生命中的最后几小时，躺在索姆的母亲亲手铺就的垫子上。直到他牺牲前的几分钟，索姆的母亲一直和她苏耶姐的儿子待在一起。

索姆的母亲曾经说过：你来这儿，一定是心里难过极了。可我，大姐，我有眼睛却像个瞎子，我有腿却像个瘸子。大姐，我女儿跟我说，就因为她是索姆的姐姐，就永远也别想找到工作。这是真的吗，大姐？

苏耶姐怎么会知道什么是真、什么是假呢？反抗现存制度的人都已经死了，但他们的家人还活着。这些家人在现实中要面临不成文却残酷无情的政策。难道这些家人的家人也要受到类似政策的束缚吗?

在巴拉纳加尔和卡斯西普尔的肃反运动期间，有一条不成文的缄默政策实行了长达两年半之久。在一系列国家大事——小象空运至东京，地铁电影院举行电影节，作家和艺术家在梅登公园会议上发表演说，在拉宾德拉·萨丹[1] 举行为期两周的伟大诗人[2] 纪念活动——的背后，推行了一条预谋已久的政策。

既然从没发生过什么真正紧要的大事，那有什么可不安的呢? 几千名青年就那么人间蒸发了，这重要吗? 苏耶妲不知道别的母亲是怎么想的，反正她至今都一直认为，只有西孟加拉邦的青年人受到了追捕、威胁，徘徊在死亡的边缘——当然，别的地方肯定有更加重要的事件发生。整个国家、整个邦都拒绝承认他们的存在、他们的激情、他们无惧死亡的信仰以及他们一切的主张。

令苏耶妲不寒而栗的是，整个西孟加拉邦，竟然没有一个人感到这有什么反常。人人都理所当然地无

---

[1]　拉宾德拉·萨丹 (Rabindra Sadan) 是加尔各答的一座文化中心和剧院。

[2]　此处的伟大诗人指泰戈尔。

视他们的存在，助长着这种假象、假装一切如常的阴谋。苏耶妲深入骨髓地感觉到这种正常是何等恐怖、野蛮与暴力。当千千万万个巴拉提惨死牢狱、横尸街头、被黑色面包车无情追赶、被疯狂的暴民撕扯成碎片时，那些社会良心的守护者竟然没有一个人为他们发声请愿。在这件事上，他们不约而同地保持了缄默。

苏耶妲察觉到这种如常的假象带有一种不祥的恐怖感。当她看到那些缄默的见证者自命不凡地以为他们是多么正常、多么有良知、多么宽宏大量时，她感到恐怖。一方面，他们的仁爱之心远播四海，但一旦事关国内，他们的态度就立马暧昧、模糊、含混了起来。

对国家数千名青年的存在予以否认，完完全全对他们予以否认，这足以将他们彻底泯灭。监狱里人满为患，却没有和数千名青年有关的任何消息。视而不见，这就是消灭他们的手段和方法。

对他们的家人呢？是不是也有类似的政策，用相同的手段将他们铲除？

苏耶妲不知道如何回答。她勉强挤出了一句——我的工作到目前为止还没受到什么影响。

大姐，我女儿没法跟你比啊。你认识的可都是有头有脸的人物啊！难道你没发现，除了巴拉提，所有人的名字都见报了？大姐，我是一没门路、二没钱财把事给捂住、铲平啊。

苏耶姐明白，索姆的母亲早晚会察觉到异样。在坎塔普库、在火葬场，是一种骇人、令人震愤的痛使他们走到了一起，但这种同病相怜的关系维持不了太久。与时间相比，悲伤的力量微如蝼蚁。悲伤是岸，而岁月如河，卷积着泥土，一层层把悲伤掩埋。

然后有一天，无情坚决的自然从被时间掩埋的悲伤中迸出新的枝芽。

希望之芽、悲伤之芽、思虑之芽、仇恨之芽。

这些新芽蓬勃向上，直逼长空。

时间拥有奇迹般无穷的魔力。每想到此，苏耶姐都不禁毛骨悚然。或许有一天，巴拉提的面庞会在苏耶姐的意识中淡若浅影，宛如一张褪色的老照片。又或许有一天，苏耶姐能够淡然跟任何人、跟所有人提起巴拉提，在人前流泪。

时间无所不能。两年前，悲伤使她和索姆的母亲亲如一家，但又是时间亲手毁了这层关系。悲伤的骤然来袭本已消除了两人间固有的阶级差异。

但随着岁月的流逝，这种阶级差异竟又死灰复燃。

苏耶姐反问道：萨米兰①的姐姐不是通过某门考试了吗？

她只参加了第一部分考试。要是没缺席第二部分考试的话，她就能顺利毕业了。但现在她在学习打字，隔一天去一次，每次去都是老大的不高兴。常常抱怨说：没合适的衣服，没钱买拖鞋，我才不去呢。她还说：我不会任生命就这样为你们白白浪费掉。她说的这些都是气话，大姐，肩上背负的责任，她一次都没有推卸过。

依我看，还不至于因为萨米兰的事给她招致什么麻烦。再说，我会帮她留意工作的。

大姐，你是不知道啊。就前两天，她刚刚丢了份不错的家教工作，能拿四十卢比呢。那个男孩儿的父亲跟她说：不行，我们不能再请你了。你弟弟是叛党分子。事实就是如此，大姐。

不是人人都这样的。

全仰仗你了，大姐。不过，她做了件天大的好事。她把最小的两个妹妹都送到了政府办的一所寄宿学校。要知道，孩子没了爹，常常会被送到孤儿院。

① Samiran，索姆的全名。

的确是件天大的好事。

大姐，我女儿跟我说，街区的民众都问她：巴拉提的母亲怎么会上你家来呢？还有一个手上沾着我们孩子鲜血的匪徒逼问她：巴拉提的母亲和你母亲是想结党营私吗？大象为何要踏进鼹鼠洞？我女儿吓坏了。做完家教，她晚上很晚才回家，还得去做买卖。她很害怕他们。他们什么事都干得出来。

他们？他们是谁？

没错，大姐。就是那帮杀人凶手。他们纷纷改换了党派，逃脱了罪责，趾高气昂地四处闲逛。他们无耻地问我女儿：为啥不给你弟弟办葬礼？我们可盼着大吃大喝一顿呢。大姐，他们简直就是魔鬼，时刻守在茶馆里。

这时，苏耶姐突然回想起，以前她每次来，都会让司机把出租车停在十字路口，然后换乘人力三轮去索姆家。一路上，她向来不往马路左右两边看。那时候，她无论如何也想不到杀害巴拉提的那帮刽子手就整日坐在那间茶馆里。她怎么也不会想到，他们竟然游荡自如，如此残忍地嘲弄索姆的姐姐，甚至放浪狂笑。这是个什么样的城市啊，她思索道，一面在发生如此恐怖的事件，一面那些纪念诗人泰戈尔的文化节和集市却在如常进行。

那些刽子手改旗易帜后立刻平安无事。但与此同时又是狱墙高垒、岗楼林立。一切就这么并行发生着。究竟什么时候是个头儿呢?

索姆的母亲接着说:大姐,你有福气啊。你还有一个儿子可以寻求慰藉。只消紧紧抱着他,就不用去想走了的那个儿子了。我可是掉了块肉啊。烧在我心底的那堆火看来一直要烧到我火化那天了。

苏耶姐多想告诉索姆的母亲,如果她也能像她似的淋漓畅快地恸哭一场,那可真是救她于苦海之中了。不过,假如她当真向索姆的母亲吐露,她不得不像承受一块顽石般把巴拉提的死勾起的悲伤默默压在心底;假如她当真向她吐露,她从未能够为巴拉提流下过一滴眼泪,索姆的母亲一定会以为她是在矫揉造作。当着那些面对巴拉提的死讯只想着家丑不可外扬的家人,她着实一滴泪都流不出来,她的嗓子被彻底封死了。而这,索姆的母亲是不会明白的。

因为他的父母当时根本没起过这种念头。

尚未到子夜时分……一场噩梦,整件事情就犹如一场噩梦……当那些刽子手将索姆的家团团包围时,尚未到子夜时分。当他们逐步缩小包围圈时,索姆的母亲发现了他们，她用一只手捂住自己的嘴，腾的一下跳了起来。索姆的父亲全然无助地说：现在该如何是好呢？看看能不能从后门逃出去。

索姆沉稳地说：爸爸，没用的。他们把另一面也包围了。我听见他们的动静了。

只听见一个冷峻的声音呵斥道：把他们都给我交出来。

索姆的父亲问道：那不是巴布^①的声音吗？

又是一声怒喝：把他们统统给交出来！不然，就放火烧了这房子。索姆，出来。如果你还是你父亲的儿子，就赶紧给我出来！

索姆转向了他的战友——我先出去，他们必定先抓我。你们就趁机逃跑。逃走一个是一个。

赶紧给我出来！

巴拉提跟索姆说：索姆，没用的。凭什么你一个人出去？要出去大家一起出去。

一场噩梦……依旧是一场噩梦。

巴拉提第一个站起身来。他走到窗前冲外边喊道：别喊了。我们出来了。你给我等着。

_____

① Babu，印度人对男子的尊称；（印度的）绅士。

那个混蛋带着个跟班儿的，是个加尔各答男孩儿。狗娘养的，快给我滚出来。

不，索姆，别出去！索姆啊！索姆——！

妈，别哭。爸爸，照顾好妈。我们出去了。不然他们会烧房子的。

比吉特紧了紧睡衣上的带子，理了理头发。帕塔是他们当中最安静的一个，第一条命令就是由他下的——比吉特，我们走。

比吉特和帕塔身上带着弹簧刀，索姆和巴拉提则手无寸铁。他们站起身，手挽着手，高喊着口号标语打开了门。

索姆的父亲试图抢先一步挡在他们面前——"要抓你们，先让他们要了我这条老命再说"。索姆把他推到了一旁，他们高喊着口号手拉着手走出去。室外漆黑一片，一群黑漆漆的脸，狂笑夹杂着号叫，呼号散落着狞笑，街坊四邻的灯一盏盏熄灭，门窗一扇扇紧闭，一张张惊恐万状的脸纷纷抽了回去，尖利的口哨声响彻云霄、划破长空，正如杜伽女神①像被沉

---

① Durga，印度教女神，也有译突伽、难近母、杜尔迦神。性力派的崇拜对象，传统上被认为是湿婆之妻雪山女神的两个凶相化身之一。

入黑暗的河中时那样。他们的喉咙高喊出口号。比吉特和帕塔径直冲向了敌人，手里紧握着尖刀。只听有人喊——他们要袭击我们！又是一声嘶吼——混蛋，竟敢在我们面前动刀！？有人附和道——杀了这帮混蛋！三个男孩还在继续高呼口号，比吉特的脖子已然被人迅速套上了索套，被扼住了喉咙。口号和标语此起彼伏。口号和标语。口号和标语。万岁（Zindabad）！万岁——！万岁！场面混乱不堪。口号和标语戛然而止。杀手们撤走了。枪声断断续续响着。冬天死寂的空气里充斥着刺鼻的火药味——火药的恶臭——那群黑漆漆的脸渐渐远去——索姆的父亲号啕大哭，捶胸顿足，倒了下去——索姆！哥哥！姐姐和妹妹们声嘶力竭地呼喊着。索姆的母亲已不省人事，失去了意识。眼前一片黑暗。黑暗、黑暗、无尽的黑暗。

索姆的母亲怎可能明白苏耶姐为何哭不出来呢？她怎可能相信他们家里人个个都对巴拉提避而不谈呢？她会如何看待巴拉提的父亲忙前忙后，生怕巴拉提的名字见报呢？

索姆的父亲从未动过明哲保身的念头，也从未认为这是可能的。索姆的父亲——这个一贫如洗的穷店主——一生都不曾认识用这种方式思考问题的人。这两个父亲，索姆的父亲和巴拉提的父亲，同居一国却判若天壤。

索姆的父亲满怀希望地以为，只要找到警察，问题自然就迎刃而解了。那帮刽子手必定会吓得屁滚尿流、逃之夭夭。他着急忙慌、气喘吁吁地撞进了警察局。那时候，警察局里的灯不分昼夜地大亮着。求你了，长官，求你了！你马上动身，我儿子兴许还能保住性命！也许我可以带他上医院。长官，我给你磕头了①！

那个警察，尽管年轻，却有着和年龄不相称的世故。索姆的父亲一开始历数凶手的名字，他就喝住了他。索姆的父亲万般无助，好似一只人皆可将其踩死于脚下的爬虫。一度他被恐惧吓得哑口无言。可转过神来又开始不屈不挠地说——我亲眼看见了他们的长相，亲耳听到了他们的声音。——不，你没听见——求求你跟我走吧，长官——好啦，好啦，面包车一会儿就走。这时，索姆的父亲认出了另外一名警察，又

①　原文为 "I touch your feet, Sir!"。在印度，摸某人的脚是最常见的肢体语言之一，以示晚辈对长辈的敬重。

跪下来央告他。不知什么时候，面包车开来了。索姆的父亲二话不说爬进了车里。面包车一开进居民区，索姆的父亲就像疯了似的号啕大哭起来，哭得上气不接下气——索姆，回答我，我的儿子！索姆啊！——说来也怪，面包车竟然不需要任何向导，径直开到了足球场。车灯一照到事发现场，就有几个人影仓皇逃跑。灯光打到他们脸上时，面包车故意放慢了速度。等面包车最终抵达现场前，他们早就利用这段空当溜之大吉了。车停了下来，前灯直直地打在比吉特的身上。一具尸体暴露在灯光下，索姆的父亲顿时惊呼起来。他扯着嗓子大喊着——索姆！——头脑里一片空白。他看见警察拽着索姆的双脚拖着他把他扔进了面包车张开的血盆大口。面包车吞噬了他。他的头重重地磕到了什么东西。索姆的父亲本想恳请他们——小心他的头！——却干张着嘴说不出话来。时间是凌晨三点一刻。从前，面包车可从没这么及时赶到过。

一切都结束了。索姆的父亲回到了警察局，想要录口供。他甚至向拉尔巴扎尔的警察局总部投诉了分局的那名警察。可一切全无用处。他不禁失声痛哭——哦，天哪！这个国家还有没有天理可讲啊！——倒了下去，脑袋磕到路面上受了重伤。还是他妹夫的儿子把他扶回了家中。

索姆的母亲怎么可能明白苏耶姐呢？要是苏耶姐试图向她解释——在她众多的子女中，只有巴拉提会把头枕在她大腿上睡着，会一面把头靠在她肩头上，一面撒娇地说：妈，你帮我在背上打肥皂好吗？赫姆端给我的又是冷茶；妈，你从银行下班回来后咱们今晚一起去看电影吧；这些笔记今天就得还，你必须帮我抄好啊——索姆的母亲丝毫不会觉得有什么特别之处，她认识的男孩子有哪一个在母亲身边不是这样呢？

要是苏耶姐告诉她，她生活在一个浑浑噩噩、无所寄托、死气沉沉的社会，生活在一个赤身裸体不会引起丝毫的难堪、反倒是真情流露会使人陷入尴尬的社会；要是苏耶姐告诉她，母子、父子以及夫妻关系即使恶化到了不可救药的地步，也绝不会有拳脚相加、号啕大哭，彼此也依然能够以礼相待，索姆的母亲是根本听不懂这些的。她说的语言是熟悉的孟加拉语，索姆的母亲却难以参透其中的道理。

要是苏耶姐告诉她，她来这儿的目的是为了更好地了解她死去的儿子巴拉提，索姆的母亲是不会明白的。要是苏耶妲告诉她，巴拉提的蜕变并不仅仅是书本和政治讲演造成的；他深切地体会到索姆这样出身贫寒的孩子、拉尔图这样饱受命运与人生羞辱的苦命人，以及许许多多与他们同命相怜的普罗大众所经受的切肤之痛，就仿佛这一切他都亲身经历过。于是，他变了。生活本身逼迫他发生了脱胎换骨的改变。他放弃了与生俱来的优渥生活。本来，只要他愿意，他完全可以赴英国镀金，回国后谋一份好差事，不费吹灰之力地平步青云。

然而，关于这一切，索姆的母亲是不会明白的。她说道：大姐，你儿子的脸始终萦绕在我的脑海里。那些一无所有的人都疯了。索姆还是个孩子的时候就曾经问我：我们是乞丐吗？那些权利赋予我们的东西为何我们还要低三下四地苦苦乞求，遭人拳脚呢？可是，大姐，巴拉提要什么有什么啊，为何他偏偏要来送死呢？

他专程赶来给他们通风报信。

既然你知道你儿子选择的是什么道路，为什么当时不拦着他呢？

索姆的母亲不知道她的话令苏耶妲有多难堪，她毕竟知道索姆都在干些什么。或许，苏耶妲确实是气度非凡、泰然自若，手戴女式腕表，身披雍容华贵的手织纱丽。但索姆的母亲不知道的是，作为一名母亲，苏耶妲在成千上万名母亲面前输得一败涂地。巴拉提究竟在干些什么，她一无所知。

无论成败，苏耶妲向来不会撒谎。

巴拉提对此心知肚明。

苏耶妲回答道：可惜我不知道。

大姐，你要是事先知道就好了！做母亲的哪能眼睁睁地看着儿子送死？

苏耶妲起身站了起来。

常来啊，大姐。跟你说说心里话，我心里踏实多了。

苏耶妲清楚，以后她不会再来了。

好了，我走了。

突然，苏耶妲把手搭在索姆母亲的肩上，说道：我会永远感激你的。

有什么好感激的！咱们这是同病相怜。

在这分别的最后时刻，苏耶妲心里涌起一股强烈的冲动，想给索姆的母亲送一件真正弥足珍贵的东西。她想从自己内心用悲伤建造的那间囚室找出点什么送给索姆的母亲。因此，她第一次把她埋藏在心里无法说出口的事说出来了——他们牺牲的第二天是巴拉提的生日。17号那天，他原本将迎来自己的二十岁生日，踏入人生的第二十一个年头。

黄　昏

这是栋离她家很近的房子。苏耶妲路过的时候时常会瞄上两眼，可她一次都没进去过，也不清楚房子的主人是谁。这是栋老式的两层小楼，前头有一条走廊。房子的屋顶明显是仿照加尔各答的老电影院地铁电影院的遮檐设计的，墙上镶着一块匾额——上面写着"普尔瓦·甘伽·讷格尔"，可能是房子原先的主人所在家乡的村名。在过去的二十年里，苏耶妲见证了这栋房子的变迁，如今它看上去俨然就是一座城市——其中的一角焕然一新，在瓷釉漆的映衬下熠熠生辉，窗台下还装着冷气机；而其余的部分则破败不堪，灰泥纷纷剥落，窗户上挂着脏兮兮的、用纱丽的破布头扯成的窗帘。冲着街市的一楼租给了几家单间门面——一间洗衣店、一家专营顺势治疗药物的药房，还有一家收音机修理铺。很显然，这里的住户既有富人又有穷人。

一条光线晦暗的通道穿过公用庭院直通到房子后面。房前种着一棵释迦树，孤零零地立着。墙上和屋顶的灰泥都掉光了，地板磨损得也很厉害，就连铺在下面的砖头都露了出来。屋里摆着一张又大又矮又平的床。橱柜的底部锈迹斑斑，里面放着的法律书从没人翻过，顶上落了厚厚一层灰。苏耶妲坐在床上，而南迪尼面朝她坐在一张藤椅上。

阿宁迪亚背叛了我们。

南迪尼重复道。这些话，她之前已经说过一遍了。而这次，就像刚刚那样，她说话时眼神中闪露出一丝怀疑，犹如一朵云彩的影子转瞬即逝。似乎她认为这一切难以接受，抑或无法理解，阿宁迪亚明知他的背叛行为会要了索姆和其他人的命，怎么还可能干出那样的勾当来呢？

南迪尼，我对整件事一无所知。

这我知道。你们这些人向来对什么都不闻不问。对像你这样的人来说，这些都不过是没正题的事罢了。可现在你总该明白了吧。假如继续一意孤行地以为没必要搞清楚这种事发生的前因后果，那可真是大错特错了。

阿宁迪亚背叛了我们。巴拉提像个傻子一样对他无比信任，就因为他是尼图（Nitu）吸收的成员，而尼图和巴拉图是好朋友。

凡是尼图招收的成员都是不容怀疑的，只因为尼图是巴拉图的好兄弟、好同志。可问题是，尼图在吸纳阿宁迪亚加入组织之前对他知根知底吗？苏耶妲心中自忖。

人在监狱的单人牢房待久了也许会过于敏感。单人牢房太过孤独、太过凄凉。关在里面，孑然一身、面朝四壁，唯有墙上的一道铁门、一眼小孔日夜相伴。关在单人牢房，人不免以停尸房外科医生的手术刀或刺刀一样锋利尖锐的思想洞穿外面的世界，寻找那些不曾忘却的人。偶尔，有人打开牢门，他们没有被带往渴望去到的外部世界，而是被带到一间不一样的房间。一间隔音的房间。门窗内侧衬有空心橡胶管，上面还裹着一层柔软的毛毡。呻吟、尖叫、鞭打、刑讯逼供，房间里回荡着种种惨叫和咆哮，统统被橡胶管吸收、弱化，从外面休想听见。一千瓦的灯管直照着犯人的眼睛。负责问讯的头儿待在暗处。不管他抽不抽烟，指间始终夹着一支点燃的香烟。有时候，训练有素、久经世故的问讯官会提出一个彬彬有礼、无关紧要的问题，比如"这么说，你是查特吉的朋友？"，然后把燃着的烟头狠狠地摁在双眼暴露在一千瓦的灯泡下的犯人的脸上。烟头灼烧会造成表皮损伤。只有皮肤会被烧焦。这种烫伤用药膏一抹就好，这个过程被称之为"表皮康复"。皮肤上的烫伤很快就能愈合。但对年轻的心灵而言，每一次烫伤都是永远无法愈合的痛。之后，他们被送回单人牢房，孤身一人。

独处时，思想和感官会过度敏感，锋利得犹如停尸房外科医生的手术刀或刺刀。所以，南迪尼可以感觉到苏耶姐内心的疑虑——尼图吸纳阿宁迪亚进来时对他了解吗？

南迪尼答道：我们永远都无从知晓尼图当时是否了解阿宁迪亚在搞什么把戏。那你知道尼图最后落得怎样的下场吗？

不知道。

尼图有好几个化名，有很多不同的名字。巴拉提和他们的同志离开后，发生了一次大规模的聚集事件。在他所属的辖区，尼图以迪普这个名字为人所熟知。那时，他决定逃跑，转移到了离他家不算太远的工业区。当地警方把他当成了另一个人错抓了他。凑巧的是，他所在辖区的警察局长刚好出现了。不过，当时他在那儿倒没有什么公干。新闻报道也大肆出卖我们，时常在报纸上刊登我们的藏身地点，暴露我们的医院以及在村子里开展的工作情况，连续不断撰写关于我们的文章。这位局长从其中一篇当中寻获了线索，这才赶赴工业区。他停好吉普车，进去喝了杯茶，还带走了一些粗糖。

一些粗糖？

没错，那里的粗蔗糖远近闻名。他们给他买了两罐。他进了警局，看见了尼图，问道：迪普？原来你小子在这儿啊？经过数小时的严刑拷打，尼图已极度不安。他不假思索地回答：是啊。我不知道他们究竟为什么抓我来这儿。警察局长二话没说带他坐到自己的吉普上。在返程的路上，局长请他在餐馆吃了顿饭，还给他让了支烟抽。在当地，尼图是个深孚众望的人，从未参与过任何行动。不过尽管如此，他还是希望能够从此地脱身。

他没走掉吗？

没有。他们把他带回辖区，在警察局门口活生生地把他打死了。随后，当地妇女聚集起来为此事提出抗议，警察对她们动用了催泪瓦斯。

报纸上从没提过这事。

只字未提。

那后来呢？

尼图就这么死了。我们无从知晓他是否清楚阿宁迪亚的真实动机。我仍旧觉得……你作何感想呢？

本应该有人知道的？

是谁？你是说尼图吗？

苏耶妲一向不认识尼图，可她能像谈论老熟人一样脱口说出他的名字，仿佛巴拉提从前介绍他们认识过似的。

是的，尼图、巴拉提还有我。

你都知道些什么？

就像我们做事有计划，其他人做事也有计划。

什么计划？

当然是背叛的计划。

南迪尼的语气平静、冰冷、近乎冷漠。苏耶妲意识到，当她说出阿宁迪亚的名字时，眼睛里所闪现的，与其说是对阿宁迪亚叛徒行为的惊异，倒不如说是对他们自己的惊异。一方面，他们狂热地认为，凡是与当权派有瓜葛的皆不可信；但另一方面，他们从来没想过，会有人假借朋友之名在新闻媒体上对他们大写特写，参与到蓄意出卖他们的阴谋中。

现如今，一切似乎都是背叛的一部分。

南迪尼又说道。在她瘦削、黝黑、疲惫的脸上，苏耶妲看见她眼睛下方有一层挥之不去的黑眼圈。就像是阴影盘桓在山坡或丘陵上。丘陵上一片永远被阴影所笼罩的神秘地带。

似乎南迪尼永远无法被了解、被理解。苏耶妲突然有种怅然若失、虚无缥缈的感觉。令她伤心不已的是，她永远都无法了解巴拉提深爱的这个女孩，她永远都无法了解南迪尼的所思所想。痛苦。她再也不能去找索姆的母亲了。她永远都无法了解南迪尼。刻骨铭心的痛苦与失落。苏耶妲与南迪尼的信仰不同、经历不同。她从未尝试过去了解千千万万像巴拉提和南迪尼这样的人的切身感受。谁能告诉她，一天到晚让她忙得不可开交的那些事到底有没有价值？难道这就是为什么巴拉提那天晚上穿着蓝衬衫离开家的原因——致使她认识到自己本性和思想上的缺失？难道这就是为什么他在楼梯底下驻足，回头望向她的原因？

假如苏耶妲能够重返那个时刻，她定会冲下楼梯紧紧抱住他，他可是她身上掉下来的肉啊。她还会告诉他：巴拉提，我要知道事情的全部，给我从头讲起吧。只是，千万别走，巴拉提，千万别走。在加尔各答，没有哪个二十岁的小伙子能够平安无事地从城市的一角走到城市的另一角。求求你，千万别走。

然而覆水难收。光阴犹如无情的杀手，像命运一样无情。岁月仿若奔流不息的恒河，为河岸而悲悼。时间的浪潮裹挟着沉积的泥沙掩藏着哀伤。随后绿油油的嫩芽破土而出，向天而生，希望、痛苦、愉悦、狂喜的绿芽。

似乎每件事、每个人都是背叛的一部分。

南迪尼的话令苏耶姐姐满是不解。

南迪尼，千万别这么想。这只会加剧你的不快。

不，不会的。在我知道有叛徒之前，我的内心充满了无比巨大的信心。但那种信心是毫无来由的。尽管如此，当我逐渐心生怀疑，当我对种种事实思来想去时，我却拥有了更多的自信。现在，我清楚地知道我的立场所在。

这对你有帮助吗？

当然有。现在，回过头来想，我们认为一个时代即将完结的想法是多么的天真、幼稚。你将创造一个崭新的时代。从希亚姆巴扎尔到巴哈尼普尔，我和巴拉提就这么一路走，一路聊着。一路上的所见所闻——形形色色的人、一栋栋的房子、霓虹灯广告牌、路边卖花人摊位上争奇斗艳的红玫瑰、张灯结彩的街道、公交站旁宣传板上粘贴的报纸、微笑的面容、随手从路边摊上捡起的一本小杂志里登载的一首诗里美丽的意象、梅登公园一场政治集会上爆发出的亢奋的掌声，以及印度影片轻快的音乐曲调——无一不引起我们内心的狂喜；我们难以抑制这种喜悦之情，感到冲动万分，对一切都忠贞不渝。这种感受我永远也不会有了，它一去不复返了，完完全全逝去了。一个时代真的永远完结了。那时的那个我已经死了。

这是为什么，南迪尼？是因为巴拉提死了吗？

巴拉提死了，许多东西都死了。我在单人牢房一个人翻来覆去地回想过去时，无异于也是在慢慢地死去。

快别那么说。

你的口吻和我妈妈像极了。她不明白，你和她一样也不明白。

难道我一点儿明白的可能都没有吗，南迪尼？

你怎么可能明白？你们有像我们一样宣过誓吗？承诺对日常生活中的一切保持忠诚？

没有。苏耶妲没有宣过誓。对路上陌生人的一缕微笑、对飘浮在空气中的一段乐曲、对争奇斗艳的红玫瑰、对明亮的街灯、对张灯结彩的街道，她统统没有发过誓、祈过愿，承诺对这一切保持忠诚。那苏耶姐的信仰何在呢？她信仰些什么呢？

现在，我知道背叛是怎么一档子事了，甚至于它现在是如何运作的我都知道。

即使是现在，南迪尼？

千真万确。不然，人们该如何解释监狱四周林立的高墙和密布的岗楼？为什么面对成千上万的年轻人在监狱里腐烂却没有一个人敢发出自己的声音？即使有人发声，还不是时刻想着党派的利益？为什么我们这些想要坚持下去的人连张简报都印不了？为什么一方面我们连印刷机和新闻纸都拿不到，而另一方面却又有不计其数的、号称对我们的事业怀有极大同情的杂志源源不断地涌现？背叛使然。有这么一种人，他们习惯了姑妄言之，却从没意识到这种行为是对我们的背叛。为什么这些诗人要在七十年代为孟加拉痛哭流涕、粗制滥造一大批多愁善感的诗歌？是背叛使然。为什么聚集事件连续不断？监狱里时有发生枪击事件？逮捕行动疯狂肆虐？是背叛使然。

一点儿没变？

是的，现在还是这样。你以为报上不登，逮捕就结束了？枪杀就停止了？停止过吗？为什么停呢？一切都结束了吗？没有。一切都还在继续。唯有年龄在十六岁到二十四岁之间的一代人被彻底抹除了。抹除尚未完结……

忽然，苏耶妲在冲动的驱使下做了件她从未做过的事。单凭感情用事，这可不像她历来的行事风格。她一生都未敢越雷池一步，未敢屈服于内心的冲动。年轻时，迪比亚纳特常常为了她跑去窗前欣赏欲来的风雨这样的小事申斥她。那些在年轻岁月被强行灌输进头脑的条条框框始终难以逾越。而这次，苏耶妲竟然允许自己把手搭在南迪尼的手上。尽管如此，她依然清醒地知道，以后不会再有这样的时刻、这样的机会了。时光是狡猾的逃亡者，日夜不停。她绝无可能重新回到巴拉提身着蓝衬衫、站在楼梯底下望向她的那一刻了。在她的内心深处，她感受到一种永无止境的空虚、一股无法安放的悲切。她知道，像现在这样与南迪尼亲近的机会以后不会再有了。

因此，她把手放在南迪尼的手上。南迪尼会把她的手推开，硬生生地逼她回到那毫无生气的个人生活吗？南迪尼会和索姆的姐姐一样，眼神里流露出对她的腻烦吗？想到这儿，苏耶妲不禁打了个冷战，眼前浮现出她将在其中孤独终老的单人牢房。迪比亚纳特、乔蒂、尼帕、图里、毕妮，以及她在银行的同事，统统都在外面。而她的心里装着巴拉提，就巴拉提一个。不，何止巴拉提一个？还有索姆的母亲和南迪尼。和他们每一个人的分离所带来的伤感都郁结在她的心中。从今往后，她注定孤独、彻头彻尾的孤独。没人会再次打开她单人牢房的大门，把她带出来问话——你是巴拉提·查特吉的母亲吗？

南迪尼没有把她的手推开。

好一会儿，她一言未发、一动不动。沉静了片刻，她用指尖害羞、迟疑、勉为其难地摩挲着苏耶妲的手。苏耶妲赶紧把手缩了回去，内心充满了感激，感激南迪尼真的把手放在了她的手上。

我爱巴拉提。

巴拉提跟我说起过你。

真的？

真的。就是 1 月 16 号那天。

这可太奇怪了！

怎么个奇怪法？

早些时候他没跟你说起过？

没有。

我知道，假如他要告诉什么人的话，一定会告诉你。家里的其他人，他一概不信。

巴拉提真这么想？

你为什么这么惊讶？

巴拉提跟其他人都不亲。但终归……

这有什么好惊讶的？

难道一个人就凭有人碰巧是他的父亲、姐妹抑或兄弟就一定得对他们报以爱与信任？即使他们连一丁点儿爱的表示都没有也要一样爱他们、信任他们？

我不知道，南迪尼。我刚开始意识到自己对巴拉提是多么不了解。我是说以前。

那你有没有尝试着去了解他呢？

苏耶姐摇了摇头。她从不会撒谎，巴拉提是知道的。

这就是你这代人的处事方式。爱、忠诚、遵从，什么都想要。可凭什么要有这么多要求呢？凭什么这么做呢？

难道我们不该这么做吗，南迪尼？

不，完全没道理。你这代人里，有不少人根本没资格这么想！当然，其他一些人和父母的关系另当别论。安图、迪普、桑查扬都过着幸福的生活，而且也都是运动的一分子。他们怎么兼顾得这么好？有谁说得清呢？

说来听听，南迪尼。

就拿巴拉提来说吧。他没办法和他的父亲交流。一度，他的父亲本该表现出慈爱的，他却懒得和巴拉提谈什么父子关系。巴拉提曾跟我说过，他父亲简直把你当蹭鞋垫一样使唤。

这是巴拉提说的？

不然我怎么知道的呢？

巴拉提说的！

苏耶妲的脸涨得通红，但很快又恢复了常态。可见，巴拉提自始至终都一清二楚，并设法用他的爱保护母亲免受伤害。有一次，他才六岁，发现母亲在默默哽咽。他安慰母亲道：妈，将来我给你买一件印有老虎和猎人的纱丽。

他跟我说，他父亲贿赂客户，抢走了其他公司的生意。他就是个毒瘤，死了都没人为他掉半颗眼泪。家里有你这样的贤妻良母和四个成年的子女，他依旧色性不改……给什么打字员租房子、包二奶。巴拉提有一次还拿这事要挟他来着，你不知道？

什么时候的事？

11 月份。就在他被杀前两个月。

如今，苏耶妲终于明白了，巴拉提为什么在他生命的最后几个月里故意躲着迪比亚纳特，不和他打照面，不愿和他说话。而迪比亚纳特又为何从来不提巴拉提的名字，甚至再也不讲那个老笑话了：你那个小儿子……还是我们家里的人吗？

巴拉提的哥哥和姐姐们都很敬仰他们的父亲。巴拉提评价他们说他们根本没有人性。大姐风流成性，二姐城府极深、不可理喻，哥哥则是个皮条客。他就是这么说他们的。唯有你……他爱。这就是他没有离开家的原因。

他能去哪儿呢？

反正不该再待在家里。我想他迟迟不肯离开全是为了你。不过到最后，我、他还有其他几个人，我们都要在 1 月 17 号离开加尔各答。

去哪儿？

去根据地。

巴拉提会离开家？

要是还活着，他会的。要是阿宁迪亚不出卖我们，他会这么做的。对巴拉提和像他一样的同志来说，是他们的家开始让他们产生了怀疑。继而……

索姆的父亲跟巴拉提的父亲可不一样……

对索姆这样的人来说，怀疑的缘起是截然相反的。在气头上的时候，索姆常气呼呼地说他要先杀了他父亲，他父亲对什么都忍气吞声。从鱼贩子到当地的地痞流亡，谁都敢欺负他。从他的小店里买东西，他们从未付过一分钱。然而，安图、迪普和桑查扬却很敬重他们的父亲。没人说得清这其中的原由。实在令人费解！

巴拉提还说过我什么？

很多很多事。尽管不是经常提起你，但他时不时就会说起。你看，他本来15号就要动身去根据地的，可他硬是推迟到了19号。只有我知道他的生日，知道他的生日对你来说有着与众不同的意义。他本人是不相信什么繁文缛节的。不过，仅仅为了你，他把临行的日子一推再推……这些，我都是知道的，但没有告诉过任何人。可对巴拉提，终归骂还是要骂的。

他是如何解释的？

他付之一笑，就像他每每对问题避而不答那样。然后，他抛出一句：也许，我还不如你那般坚定吧。

他还说过些什么？

他说你是个好人。尽管你完全无法理解他的所作所为，但他可以设法跟你解释。他对你完全没有怨恨。他拿了国家奖学金后曾一度想过要谋一份好职业，计划带着你远离这个家。当然，他后来放弃了这个想法。

这么说，苏耶妲急切执着的爱是不是要对巴拉提的死负有某种间接责任呢？就为了避免伤害她的感情，巴拉提在那该死的一天留在了加尔各答。不然，他应该已经动身去根据地了。根据地在哪儿？

在单人牢房里待久了，人的头脑就会异常敏锐。就像停尸房外科医生使用的手术刀一样。

南迪尼安慰道：你别太自责了。你该知道，在根据地他照样难逃一死。尽管，假如阿宁迪亚不叛变……

可人是有感觉的……

阿宁迪亚的变节是主因。我们这些人在进入组织之前，没有加入过其他派系，更谈不上是其他组织的异议人士。我们对组织是从一而终的信奉者。阿宁迪亚则不同，他和之前的组织派产生了决裂，是受了明确的指示加入我们这个组织的。原本计划的是索姆和其他人要返回居民区。可后来计划有变。这种组织上的失误害我们吃过不少苦头。地下组织工作离不开其他同志的协作。阿宁迪亚的任务就是负责通知索姆及其战友切莫返回居民区，然后再知会巴拉提口信已带到。

这就是巴拉提在家原地留守的原因？

没错。但阿宁迪亚跟索姆他们什么都没说，而是去了居民区，把实情告诉了敌人。从此，他再也没有回来，即刻离开了加尔各答。那天晚上，我本来是要和拉尔图见面的。发现他们回到居民区后，就马上通知了巴拉提。他在未接到任何进一步指示的情况下迫不及待地赶去给索姆他们报信。

你是怎么……怎么得知？

我是第二天早上提前知道的。帕塔的哥哥那晚设法逃走了。是他告诉我的。

那你……

我当天早上就被逮捕了。

就在那天早上！

嗯。阿宁迪亚把我们整个小分队都给出卖了。

他现在在哪儿？

谁？阿宁迪亚吗？离开加尔各答了。

他到哪儿去了？

躲到另一个邦去了。

后来发生了什么？

在监狱里，那时候我时刻在想……

你在想什么？

我想杀了阿宁迪亚。但现在，这种念头消失了。

那你现在在想什么？

没变，伯母，我的想法一点儿都没变。只不过不是只针对阿宁迪亚一个人了。或许我们必须换一种斗争的方式推翻一切。

继续斗争，南迪尼？

为什么不呢？

快跟我说说。如果继续斗争，那你也……

你不会明白的。陷入过于深沉的爱……然后遭受入狱、审讯、刺目的灯光灼烧双眼——他们绞尽脑汁想要瓦解你——经历过这一切，你就会发现真正的自己。我永远也不会以你所认为的方式复归简单、复归正常了。这并不仅仅是因为巴拉提。假如巴拉提还活着，我们可能已经结婚了，也可能没有。我们可能所做的一切取决于诸多因素。我不知道可能发生什么。撇开别的不说……你对很多事情都丧失了判断力。

你很爱巴拉提，不是吗？

那是我当时的想法。我现在依然爱他。有人说，时间会使人忘掉一切，他的脸会在我头脑中渐渐模糊。

一想到这些，我就心生恐惧。

这些我都明白。

你也有类似的感受？

是的。

我不知道是否会忘掉他，也不知道他是否会从我的记忆中消失。可这一切不仅仅只关乎巴拉提一个人。我在想，有那么多人赴死，究竟是为了什么呢？你知道我出狱后最让我伤心的是什么吗？

是什么？

是我看到一切正常如初、光鲜亮丽，给人的感觉是黑暗已然过去，事态复归平静。这深深地刺痛了我的心。

难道事态不该这样吗？

不，不是！南迪尼嘶吼道，着实让苏耶妲吃了一惊。

事态远没有复归平静，那是不可能的！过去平静不了，现在依然如此。千万别说什么一切都平静下来了。你可是巴拉提的母亲啊。别人怎么说、怎么信都行，但你万万不可偏听偏信，说什么如今一切都复归平静了呀。这种自命不凡都是打哪儿来的呢？

一切还是老样子？是的，一点儿都没变。他们为什么牺牲？有什么样的变化？人们现在都欢天喜地？政治游戏结束了吗？世界变好了吗？

不，没有。

成千上万的青年人在未经审判的情况下被关在监狱里备受煎熬。这能说现在就风平浪静了吗？

南迪尼的头摇得像拨浪鼓似的。她继续道：这就是人们极力告诉我的。我母亲问我：既然你无事可做，何不结婚养家呢？

你是……

身体原因。不然他们是不肯放我出来的。我不想死。要是不放我出来，我就得不到应有的治疗。即便现在我还是在押犯呢。

什么病？

哦，来了半天了你没猜到啊！我的视神经由于一连暴露在强光下长达四十八、七十二小时而严重受损。我的右眼完全失明了。不过，一般人是看不出来的。

我真没看出来。

我没了一只眼睛。

那你今后作何打算？

不知道。我只知道必须得抓紧治疗眼睛，除此之外，不知道其他还能干点儿什么。另外，我还知道，我不会为了取悦母亲嫁给桑迪普。

桑迪普是谁？

一个工作不错的小伙子。也许，现在流行娶我们这样的女人吧，就像迪曼·罗伊写我们的诗一样流行！否则，我就真搞不明白他为什么要娶我了。

南迪尼，那你将来会干点儿什么呢？

跟你说过了，我不知道。很多事还让我感到不安和费解。似乎一切都是那么离奇、不真实。我对什么都无法产生认同感。过去几年的经历使我与这种所谓的如常格格不入。凡是人们觉得正常的，我都觉得反常。你能告诉我该怎么办吗？

我也爱莫能助。

我所有的朋友几乎都不在人世了。我想谈论的一切人和事，头脑里塞得满满的问题，都无法向任何人提及。我的世界没有了可倾诉的对象。

家里不还有你的父母和家人吗？

的确。不过，这儿不是我的家，是我一个亲戚的房子。我父母不住在加尔各答。

何不搬去和他们同住……

在他们眼里我是个麻烦，这点我知道。我不知道该做些什么。将来，你也许会听说……

听说什么？

南迪尼笑了笑，笑得极其灿烂、动人。她答道：你也许会听说我又遭到了逮捕。天晓得。

苏耶妲继续等她说下去。时间一分一秒地过去了。天快要黑了。冬天，夜幕往往会降临得稍早一些。该回家了，但她的双脚迟迟不肯遵照她的意愿。

你该回家了吧？

是的，该回了。

我们不会再见面了。

怎么？你要离开这儿？

不，我就住这儿，哪儿也不去。可再见面有什么意义呢？

苏耶妲摇了摇头，深知这的确毫无意义。她们的生活沿着两条平行线向前延伸，永无交点。

我送你点儿东西行吗？

什么东西？

这个，交给你保存。

这是一张巴拉提的相片。她时刻带在身上，装在包里。

南迪尼接过相片，把它放在了窗台上，说道：相片我没再随身带着了，以前倒是有过一张的。

我还有他其他的相片，想必是大学时别人给照的。

这我知道。是阿宁迪亚给他拍的。

我得走了，南迪尼。保重啊。有任何需要，任何什么需要，别忘了联系我啊。

我会的。

说话时，她的脸上挂着笑容。但苏耶姐知道南迪尼不会和她联系了。南迪尼对此也心知肚明。她们又将形同陌路。不过，苏耶姐的世界将大为不同。为什么巴拉提在离开那晚穿着蓝衬衫，他又是如何沦为1084这个数字的——苏耶姐一整天都在追索其中的原因。她将倾其余生找到合理的解释。

我送送你吧。外头没有灯。

南迪尼摸索着到了门口，望着苏耶姐。这时，苏耶姐心想，也许她的两只眼睛都受了损伤。

你要出来送我吗?

不，不行，我不能出门，得在家软禁。而且，我一个人出去也应付不来。

好吧，就这样吧。

苏耶姐轻抚着她的脸和额头，她很想把她拥入怀里、轻轻摇晃她。一如她曾紧紧拥抱巴拉提那样，她渴望把南迪尼揽入怀中。一种再平常不过、活生生的强烈渴望。正是同样的渴望使索姆的母亲在火葬场呼天抢地：让我抱抱他吧！我保证，只要让我把他抱在胸口，我就会安静下来，不再哭喊。

有一次，我和巴拉提走到了你家门口，我们俩一路上聊了一通。巴拉提答应我有朝一日要带我见你。这已经是很久以前的事了。

苏耶妲摇了摇头：南迪尼，没有那么久。

屈指算来，其实只过去了差不多四年的光景。但要是换种算法，又的确是过去很久的事了。在那些普通的日子里，到了晚上人们可以自由造访巴拉提的母亲。可这样的日子已在数光年之外。

苏耶妲轻声地说了声再见。南迪尼什么也没有说。她转过身去，斜倚着那堵满是灰尘、肮脏不堪的墙，缓缓向家里走去，每一步都离苏耶妲渐行渐远。苏耶妲又走在了加尔各答的街道上。

夜　晚

冬天，夜幕总是提前降临。天已然黑了，苏耶姐家里亮着灯的房间在夜色的映衬下熠熠生辉。最近几天，一从银行回到家里，苏耶姐就用肥皂水仔细擦拭窗户上的玻璃，擦得窗户闪着明净的光。几天前，下了场雨。就在昨天，天空还飘洒着蒙蒙细雨。雨水引得飞虫扑扇着翅膀奋力撞击窗上的玻璃，在灯光下团团乱转。发生着的，总在发生着。但现在，一切常态对南迪尼来说都是反常的，而且将永远如此。南迪尼的肩上披着一条披肩。巴拉提就爱在冬天把自己裹在一条又破又旧的披肩里。

　　迪比亚纳特想必在门前已经踱了许久了。一见到苏耶姐，他立马放下两年来一直端着的和蔼、体贴的架子，粗声粗气地说——你终于回来了！太好了！

　　苏耶姐没有答话。她在心里头估摸着巴拉提质问迪比亚纳特打字员这件事发生的时间。没错——就是从那时起，巴拉提开始把奖学金悉数上交给家里。直到现在苏耶姐才知道巴拉提那时为什么没从家里离开。他待在家里完全是出于她的缘故。巴拉提，你为什么不把一切一五一十地告诉我呢？你对我的爱变了太多！更像是一个父亲对小女儿的爱。

苏耶姐穿过走廊，缓缓步入了客厅。每一只花瓶里都插着鲜花，室内灯火通明，玫瑰泛着绯红。啊，那些立下誓言、对红玫瑰和光亮忠贞不渝的人早已改变了初衷。但玫瑰还是那般绯红，光亮还是那般闪耀——背叛！就连玫瑰和光亮也背叛了南迪尼和巴拉提。苏耶姐无奈地摇了摇头。

那方长桌被搬到了外头的走廊上。学生时代，遇到下雨天，巴拉提时常把长桌搬出来和学校的伙伴们一起打乒乓球比赛。一次，他们在走廊上举行了庆祝泰戈尔诞辰的仪式。巴拉提的朋友巴布鲁是个相当早熟的孩子。小小年纪就曾写下这样的文字：泰戈尔出身贫寒，读完八年级就放弃了学业，写诗养家。巴拉提曾经背过泰戈尔的那首《年轻的英雄》。岁月如梭。

桌子上铺着一块奶白色的桌布。其中一条桌腿被踢得坑坑洼洼的，都是拜巴拉提的靴子所赐。叉子、勺子、餐巾、红酒杯、水杯、餐盘和咖啡杯整齐地摆放在桌面上，找不到一点儿巴拉提留下的痕迹。在这幢巴拉提生于斯、长于斯的房子里，寻找一丝他留下的痕迹竟然是如此之难。苏耶姐留意到了那些杯子，黑色的杯身上镶着赤金两色的樱花。这些杯子是尼帕的，一定是她来了。

苏耶姐又转到了餐厅。餐桌上放着几盒桑德什①、酸奶，陶碗里还盛着奶豆腐汤圆。一盒盒美食都印着所属餐厅的字号——华道夫和萨比尔。今天的晚餐都是从外头预订的。餐柜里排列着盛放调味汁、醋、芥末、盐、辣椒和沙拉的瓶瓶罐罐。毕妮把切好的绿辣椒丝泡到了一只装着醋的玻璃碗里。

赫姆!

赫姆跑了过来。

给我来杯柠檬汁吧。

赫姆离开餐厅。迪比亚纳特走了进来。

迪比亚纳特一副中年油腻男的做派，大腹便便。苏耶姐平生第一次觉得他那一头平头短发和那张油光发亮的脸是多么丑陋、多么恶心。她认为，以迪比亚

---

① 桑德什（sandesh），西孟加拉邦最受欢迎的美食之一，主要材料包括牛奶、芝士、奶粉及豆蔻粉。

纳特现在的年纪，已经不适合再穿那件只在特殊场合才派得上用场的、伴有刺绣的柯泰衫①和价格不菲的披肩了。他脚上的那双鞋也是为今晚的特殊场合专门买的。苏耶妲知道，甚至他身上的那件坎肩也价格昂贵。

你的脑子在想什么呢？不知道今晚有五十位贵客登门吗？

我当然知道。

那你到底怎么想的？

该安排的都安排好了。尼帕来了，你也在家。一切都准备就绪了，能不能别大呼小叫的？

大呼小叫？你知道你在说什么吗？

你……要不……马上……从餐厅……离开，我就……离家……出走，永不回来。

苏耶妲一字一顿地说，言语间透着挖苦。她痛恨、厌恶这个男人。迪比亚纳特和那个打字员、和他一个远房的表妹以及他堂弟的老婆都有奸情。

对迪比亚纳特而言，这无异于扇了他一记响亮的耳光。在长达三十四年的婚姻生活中，苏耶妲从未用这种语气和他说过话。

———————————

① kurtas，（印度的）长而宽大的无领衬衫。

我连问问你一整天都死哪儿去了的权利都没有了吗？

你没这个权利。

你说什么？

回到两年前，三十二年以来，你在哪儿过的夜，过去十年又是谁陪你一同游山玩水，你为什么给之前那个打字员付房租，这些烂事我一次都没过问过。我的事，你也休想过问。休想。

天哪！

年轻那会儿，我少不更事。那时候，你母亲净替你隐瞒你犯下的那些罪孽——对，就是罪孽——我无意去翻那些陈年旧账。后来，我连知道的兴趣都没有了。我这一辈子从没像你这样干什么都偷偷摸摸背着家里、背着家人。还想听吗？我这儿几天几夜都说不完呢。

你……今天……

没错，怎么了？就是今天，怎么了？你给我滚。

你说谁？你让我滚？

对。给我滚蛋。

苏耶妲的话像鞭子一样狠狠抽在他身上。迪比亚纳特灰溜溜地出去了，一边走，一边擦拭着脖颈上冒出的冷汗。

过了今晚，苏耶姐就要搬出去了。她无法忍受继续待在一幢没有了巴拉提的房子里。要是当初巴拉提活着的时候，她能鼓足勇气道出真相、质问迪比亚纳特一通该多好啊，然后和巴拉提一道永远告别这个家！即使那时候她无力改变事情的走向，但或许可以拉近她和巴拉提之间的距离。这样，在临死前，巴拉提就会知道她苏耶姐并非全然任人摆布，并非全无抵抗精神。而现如今，巴拉提永远都无从知晓了。

赫姆端来一份冰冻果子露，苏耶姐一口气吃了下去，并对赫姆说：赫姆，给我弄点儿热水，我要洗个热水澡。别端到楼上去，那图在呢。

那图去隔壁借冰块去了。

家里的冰箱没冰块了？

没了。刚刚修理工来过了。他说冰箱坏了。修理费要六十卢比，而且要花点儿工夫。

那就别管热水了。

你过会儿再洗吧。

过会儿再说。

你白天吃东西了吗？

没胃口。

你这就上楼?

嗯。

想吃点儿什么吗?

不想。尼帕什么时候来的?

早上。在这儿吃的午饭。

她带女儿来了吗?

没有。她学校有活动。

谁布置的房间?

毕妮。

陶质餐具谁拿出来的?

图里。都是她一个人拿的。你出门以后,她臭骂了我一顿,说我没用,整天好吃懒做,顶着巴拉提的名义在你这儿蹭吃蹭喝。

她为什么骂你?

洗澡水太烫了。她还吩咐我把什么东西磨成粉让她敷脸用,可我又给忘了。

然后呢?

然后她开始打扫房间。毕妮就说:干吗不找我帮忙?你今天就不能歇歇,让别人干这些活儿吗?于是,她俩就争执起来。我一句都没听懂,叽里咕噜全是英语。

你为什么偷听？

这怎么说话的！我？偷听？她们又叫又嚷，吵得大街上的人都能听得见。

再然后呢？

再然后，图里一定是给尼帕打了电话。尼帕就赶过来安慰毕妮，毕妮就把剩下的活儿干完了。随后，她们三个享用了一顿丰盛的午餐，在一起聊得可尽兴了，完全不像之前似的闷不作声。后来，她们又一起出去做头发去了。回来的时候，笑得甭提多开心了。

图里的朋友没来给她做头发？

没有。

好的。你出去吧。

赫姆出去了。苏耶姐也紧随其后出了餐厅。她扶着扶手，一级台阶、一级台阶地往楼上挪去。痛苦折磨着她。巴拉提出生的前一天，她疼得死去活来。为什么她对其他几个孩子的临产完全没有印象，唯独只记得生巴拉提那回的经历呢？难道是因为巴拉提成了她心头永远挥之不去的痛苦？那天，巴拉提就站在这儿，站在楼梯的底部……她的胃疼得剧烈抽动。她本打算等图里办完婚礼再去做手术。可眼下，她知道等不及了。要是接下来不出什么岔子，就能痛痛快快松口气了。这样，就可以全心投入新的一天了。

选这个日子给图里订婚并非出自她的本意。可根本没人在乎是否征求她的意见。托尼·卡帕迪亚的母亲的古鲁生活在美国，是他定的这个日子。托尼从来没违抗过母命。她可是他公司的金主。

迪比亚纳特对此倒是很满意。托尼和他一样把母亲奉若神明。不管母亲说什么，托尼永远都言听计从。即便托尼不是个妈宝男，从迪比亚纳特这方面来讲，托尼依然不啻为绝佳的选择。肖和本森公司的账目就是托尼帮他给拉来的。迪比亚纳特对托尼这个女婿怎么看怎么喜欢。而且，他把图里视若掌上明珠。她身上的一切，包括眉眼、性情，无不使他想起自己的母亲。

图里是全家第一个知道迪比亚纳特包养打字员这件事的。但她对此守口如瓶，没有对父亲产生任何的厌恶和反感。倒是苏耶姐对一个女人竟然可以厚颜无耻到如此地步深恶痛绝——她可以明目张胆打电话到迪比亚纳特家里并留下口信说：跟他讲，今晚我到市场去。每每遇到这种情形，都是图里代为转达。迪比亚纳特肯定跟那个女人交代过，在留信息这件事上，只可信任图里一个人。

图里每次都会把口信准确无误地带到。实际上，那时候，她对父亲有一种异乎寻常的占有欲。她看着父亲如何为夜生活精心打扮一番并适时给出自己的建议。只有她一个人知道周一、周三和周五是迪比亚纳特和女友幽会的时间。每逢父亲和情妇风流一夜回到家后，她都会虔诚地端着鸡肉沙拉和羹汤飞跑着给他送到楼上，从中获取一种奇异的满足感和自豪感。和她祖母一样，图里把父亲奉为男子汉的典范，声称嫁老公就要选她父亲这样的男人。她常说：我大哥就是个窝囊废，一天到晚黏着他老婆围着厨房转。

　　迪比亚纳特有外遇，乔蒂是从他岳母家的一个熟人那儿得知的。为这事儿，家里掀起了一场轩然大波。这次，又是图里冒出来说：大哥，要想指责爸爸这太容易了。但凡是逃避婚姻的人必是有苦难言。爸爸就是个活生生的例子。

　　奶奶以前常跟我们讲，她丈夫没在家里过过一夜。难道我们就能因此说爷爷是个微不足道的人物吗？

　　巴拉提没有发表任何意见。我不愿和图里同桌吃饭。只要有她在，他一个字都懒得说。目前看，似乎巴拉提对整件事的前前后后有清楚的了解。心里头，他一定在想，母亲是最该首当其冲严厉反对的人。既然她都默不作声，他又何必多说呢？但想必是有什么动摇了他的一片忠心，否则他怎么会下决心离家出走呢？如今，苏耶妲永远失去了向巴拉提祖露她为何默不作声的机会。巴拉提也永远都无从知晓苏耶妲之所以忍气吞声、甘受凌辱，这一切都是为了他，为了他能够完成学业、谋份差事。她心里盘算着，等巴拉提一切都安顿停当了，就和他一道离开这个家。要是巴拉提当初了解到她心里的这些想法，会不会改变他的人生走向呢？不，他不会。苏耶妲对此一清二楚，这也是为什么在所有的子女中她唯独钟爱巴拉提的原因。早在孩提时代，巴拉提就意识到了母亲所承受的那份无尽的孤独并且安慰她道——妈，等我长大了，我要让你住进一栋玻璃房子，一栋用魔法玻璃盖成的玻璃房子。住在那儿，你能看见其他人，但他们看不见你。

这就是为什么十年级时，老师布置了一篇作文，题目是《我最喜爱的人》，他毫不犹豫地写了自己的母亲。这就是巴拉提的为人。一方面，割破手指时，流出来的血会吓得他汗毛倒竖；但与此同时，他又可以咬紧牙关把苦水往肚子里咽。苏耶妲极度渴望用手指摩挲巴拉提的面庞。她想要闭上眼睛，最后一次用指尖感觉他鼻翼的曲线、眉头的疤痕以及面颊的纹路，可他的脸上已然没有一块地方是完好无缺的了。单纯的杀戮是远远不够的。杀戮的要素就是尽量延长杀戮的过程，面露魔鬼般的奸笑眼睁睁看着奄奄一息的人濒死挣扎。

杀人凶手在行凶之后居然凭借狡诈的头脑就可以逍遥法外，还有什么样的社会比这更恐怖呢？为什么没人站出来指认那些指使刽子手屠杀青年人的幕后主使呢？他们怎么能毫发无伤呢？为什么到现在还没有公论呢？

他们在今天还依然耀武扬威吗？此时此刻还在横行霸道吗？南迪尼说过，一切尚未平息。苏耶姐对行凶的过程也有耳闻。那些刽子手先尝试着收买他们，然后对他们施以酷刑：把针尖捅进他们的指甲盖，用几千瓦的灯泡灼烧眼睛，甚至猛击他们的下阴。面对这一切，包括巴拉提在内的青年们仍不屈服，顽抗到底。随后他们被移交给监狱羁押、再移交给警察羁押。最后宣告正式结案，一切到此为止。阿乔伊·达特的母亲当时说：哈布尔·达特的案子现在你们可以结案了。哈布尔是他的化名。他们告诉桑吉班的姐姐说：想带张照片给你母亲看看吗？一个月之后再来吧。一卷胶卷有七十二张照片。你弟弟是第三十张。我们一个月后拍完这卷胶卷，然后冲洗、打印。

苏耶妲爬上楼梯，两手紧紧抓着楼梯的扶手。小时候，巴拉提经常在楼梯扶手上滑滑梯玩。每当赫姆端着杯牛奶在屁股后头追他，巴拉提就会灵巧地从楼梯扶手上出溜下去。这个追人游戏在他们两人之间持续了好一段时间。长大后，巴拉提不知从这段楼梯上上下下了多少次，可家里再也找寻不到他的踪影。他的形迹永远在别处，在路边嫣红的玫瑰里，在明亮的街灯里，在人潮的笑浪里，在索姆母亲的面颊里，在南迪尼脸上那团不会消失的黑眼圈里——苏耶妲去哪里寻找巴拉提呢？她累得筋疲力尽，随时都有倒下去的可能。巴拉提的身影遍布于四处、遁形于万物，苏耶妲会永远不停地找下去吗？

她进了图里的房间。

图里和尼帕身着同一款深蓝色的瓦拉纳西纱丽和披肩。这是迪比亚纳特专为这个大喜的日子送给他两个宝贝女儿和毕妮的礼物。三件纱丽、三条披肩差不多值九百多卢比。这笔钱完全能够救索姆母亲这样的人的燃眉之急。

图里和尼帕转向苏耶妲。镜子里映出三个人的身形。苏耶妲看着自己那件皱巴巴的纱丽，望着自己那张倦容满面的脸和一头凌乱、花白的头发。图里和尼帕梳妆得雅致娇美、花枝招展。她们理应心满意足、喜上眉梢，但脸上仍挂着深深的愠怒和不满。

图里，给你的首饰。

苏耶姐打开她手包的环扣，把珠宝一股脑儿倒在了床上，又挑了几件拾回了包里。

你为什么又收回去了？

我给过尼帕和毕妮什么，就给过你什么。

瞧见没，姐？我没说错吧？

尼帕花言巧语、柔声柔气地说，言语间透着股大公无私的劲儿：妈，这些都给图里吧。我保证绝对不要。

你凭什么要？有你什么事儿？

毕妮你都给了的。

要是巴拉提活着，我都留给他妻子。呐，这份是苏曼的，那份是留给你女儿的。

那其余的呢？

其余的我说了算。

图里恶毒地嘟囔着——莫名其妙！你明知道我有多爱古董首饰的。而且，你心里清楚，托尼正打算照这些珠宝的式样设计几款装饰首饰出口的。

你的确是说过，而且你的意思我也都听明白了。只不过现在我改变心意了。

为什么？

没有什么为什么。你父亲和奶奶送给我的那点儿珠宝首饰我都已给完了。这些是我父亲留给我的，我要自己留着。

真是想得太周到了，简直是心思缜密！

我已经决定把这些送给别人了。

非这样不可吗？

你没必要给我这些。

不要，那就扔了。我不想再跟你聊下去了，图里，至少今天不想。请注意你的嗓门。今天早上你已经喊得够多了。

是谁这么多嘴？是不是赫姆？

对，没错。只要我在这个家里一天，我可警告你，休想说什么难听话为难赫姆。她的工资是我给的，不是你父亲。是她带大了巴拉提。只要她在这个家里一天，你就得对她以礼相待，不能有任何的无礼举动。今天是巴拉提的生日。你知道她整天都在掉眼泪，却还依然对她恶语相向。这种行为简直不可饶恕。

今天！要是今天勾起了你那么多伤感，你怎么还能一整天都不着家呢？

你定日子的时候，根本没有在乎过我的感受。你挑这一天完全是因为那是托尼母亲的意愿。我能回来参加已经很给你面子了。

尼帕插话道：妈，你至少得想想我吧。我可是难得回来陪你一天的。

苏耶妲冷笑道：一年三百六十五天你有多少天想到过我？你经常开车打这条路走。艾米特大多数时候都在海外任职，你一天到晚四处闲逛。乔蒂得了伤寒，苏曼过生日，你哪次抽时间回来过！我不是要指责你。反正你历来如此。你凭什么指望我坐在家里等你呢？

你……

什么都别说了，图里。我得去准备准备了。

苏耶妲回到她的房间打开衣柜。她身体里的每一根神经都在竭力嘶吼：不！不！不！但她必须熬过这晚。这是她的责任所在。她的单人牢房。苏耶妲让他们每一个人都做到了心中有数：尽管道不同不相为谋，但是她的责任她一样都不会逃避。她判了自己入狱服刑。如今有什么办法打破她亲手建造的铁笼呢？她挑了一件白色的镶黑边达卡纱丽和一件白衬衫，整件纱丽上绣满了白色的花朵。

她关上衣柜进了浴室。

她随手关上浴室的门，坐在地上，任凭淋浴水冲在身上。水很凉，但内心的痛苦使她没有感受到一丝凉意。冷水给了她些许安慰。水冰凉。冰。冰块。还带着热乎气儿的、血迹斑斑的尸体被抬放到冰块上立马止住了汨汨直流的鲜血。冷水。冷。可任凭怎么冷，也冷不过巴拉提的手指、额头、胸膛和他的手。在曾经的那个今天，一整天她都没离开过巴拉提半步。他的双手发冷，冰冷冰冷的；眼皮和浓黑的睫毛遮着他半睁半闭的双眼；皮肤的白被晒成了古铜色；冰冷的水顺着头发一滴滴地往下淌。冷、冷、冰冷冰冷的、冰、冰，一整天她都没离开过巴拉提半步。火葬场的那一夜；警察护送着巴拉提；泛光灯照射下的火葬场；满墙的涂鸦；一串串不计其数的名字。名字、名字、名字、名字。电炉的铝门砰的一声关上了。巴拉提。电所产生的热量炙烤着巴拉提。一整天她都没离开过巴拉提半步。收集骨灰，把肚脐专门挑出来用土盖住，务必要把它抛入恒河。一整天她都没离开过巴拉提半步。

她关上了喷头，动作呆板地继续准备着。她的神经、血管、心脏、血液都在扯着嗓门嘶吼：不！不！

不！她擦干身体和头发，扔掉浴巾，涂完爽肤粉，穿好衣服，然后把湿头发盘成了一个发髻。

巴拉提曾问过她：妈，你还能坚持尽完本分，到底是如何做到的呢？

她从小就受到这样的教育，永远都要尽职尽责。

她受到的教育就是这样。故而，她对自己时刻保持着高标准、严要求。可现如今，她觉得一切都毫无意义，一切都是在浪费生命。她的生命被她自己活活浪费了。她还对什么人存在价值？迪比亚纳特？尼帕？还是图里？不，一个都没有。

她打开浴室门走了出来，进了自己的房间，在镜子前停下脚步。眼窝下布满重重的黑眼圈。管它们呢。南迪尼几近失明的眼睛下不也笼罩着幽深的黑眼圈吗？就如同是盘桓在连绵山岭上难以驱散的阴影。

苏耶姐再也不会去南迪尼家了，也不会去找索姆的母亲了。那她还能去哪里寻找巴拉提的踪影呢？抑或，有一天她也会就此放弃寻找？

葬礼结束后，迪比亚纳特当着其他孩子的面抱头痛哭：看看你们这个当妈的，一滴眼泪都没流。简直是个怪女人。

那天，她一滴泪都流不出来。

是否有这样的可能？有朝一日，苏耶妲坐在别人的旁边号啕大哭，边哭边念叨巴拉提的名字。

这种想法使她不寒而栗，不禁打了个冷战。那时候，会不会是巴拉提死了的时候？是不是他已经死了，使她难以摆脱无法安放的伤痛？一切都尚未风平浪静，狱墙高垒、岗哨林立。收押犯人，监狱的大门无需打开。面包车在夜幕中驶近大门，无线电信号就会中断。起重机伸下钢爪一把攥住犯人把他们吊到半空丢到监狱的空地上。加尔各答对阿什塔米，也就是杜尔迦节①的第二天极其狂热。开枪！一辆黑色的轿车。开枪！有人企图逃跑。开枪！哈布尔·达特的案子你们现在可以结案了。开枪！结案了。警察加派众多警力护送着送葬的队伍。哀悼者一路尾随，表情肃穆，一脸的坚毅与怒火，全都是年轻的面孔。这叫苏耶妲如何释怀巴拉提的死给她带来的悲伤，将其视为一件稀松平常的事呢？

苏耶妲披着白色的披肩，脚蹬一双拖鞋，喝了口

---

① 杜伽节（Durga Puja festival）是加尔各答一年一度的重要节日。整个城市共庆4天，阿什塔米（ashtami）是节日的第二天。最后一天人们会把杜伽女神像沉入胡格利河（Hoogly river）。

水。接着，响起了敲门声。毕妮站在门口向里张望。

发型和尼帕、图里如出一辙，纱丽和披肩亦是同款。她们都希望彼此毫无二致，从未想过如何保持自我。这就是所谓的时尚。

妈，你准备好了吗？

好了。苏曼在干什么呢？

和奶奶在一块儿呢。他要上床睡觉了。

走。咱们下楼吧。

苏耶姐关上灯，离开了房间。她的神经、经络、心脏都在声嘶力竭地尖叫：不！不！不！但她还是下楼去了。做自己讨厌做的事，这就是责任。内心深处，她是否会为自己这种尽职尽责的精神感到一丝自豪呢？有一次，正值尼帕女儿的生日，巴拉提悄悄告诉她说，她还是去看眼科医生更加要紧。

那样，尼帕会失望的。

不会的，妈，她不会的。

苏耶姐没吱声。

大姐失望那是常有的事。不过，你也清楚，妈，她高不高兴完全不取决于我们的所作所为。那你何不去看眼科医生呢？

巴拉提知道得真不少，什么都瞒不过他。所以，他能轻而易举地拒绝家里所有人。最终，他出去了一趟又回来，说道：走，看眼科医生去。

你陪我一块儿去？

是啊。走吧，现在就去。

巴拉提明白，眼睛里滴了阿托品去看眼科医生给了苏耶妲莫大的压力。他这才选择陪她一起去。回来的路上，他让母亲在尼帕家门口下了车。

你不进去，巴拉提？

巴拉提只是淡然一笑，一言未发。那天，他缠了块腰布，穿了件衬衫。平时，他一贯爱穿长裤。但偶尔也喜欢系腰布。即便是在他彻底改头换面后，他的脑子里依然会冒出些别人意想不到的想法。巴拉提惨遭毒手后，苏耶妲从坎塔普库回到家时天色已经很晚了。

奔那去之前，苏耶妲心里是怀着希望的，希望警察会按正常程序把巴拉提的尸体移交给她。但当她得知他们拒绝移交尸体，而且永远没可能把尸体归还给她时，她丝毫不感到震惊。那时候，已经没有什么足以让她大惊小怪了。她回来后，一得到消息就又立马赶了过去。多亏迪比亚纳特托关系、走后门，尸检很快就做完了。当时，停尸房的外科医生要用福尔马林擦洗尸体，切开然后缝合——一切如风驰电掣一般。他没办法不快。一天二十四小时，开往停尸房的面包车源源不断。

苏耶妲是在将近正午时回到家的。她还要去火葬场等着巴拉提的尸体被运到那儿。一回到家，她发现家里人一个个默不作声、目瞪口呆，都在为不知该如何向别人解释巴拉提的死而焦躁不安；刹那间，像索姆的母亲一般，赫姆终于无法抑制内心的悲伤，肆无忌惮地放声大哭，拿脑袋咚咚撞墙，哀叹道：你从出生第七天开始就交给我照看。人们都说你活不长，纷纷问我今天你把他扔了没有？她继续哭喊道：从今往后，这个世界上再也没人在百忙之中帮我取痛风药了！领家里一周的口粮，返回的路上再也没人拦住我跟我说——你背着这么重的粮食怎么走路呢？就不能雇辆人力车吗？他不在了，以后再也没人给我拦人力车，把我搀扶上去了。

那天晚上，当一切尘埃落定后，是谁坐着守候舟车劳顿的苏耶妲，让她的头枕在自己的腿上？是赫姆，也只有赫姆。巴拉提一直都很关心赫姆。但迪比亚纳特却始终认为他是个无情无义的儿子。

苏耶妲多么渴望告诉巴拉提——巴拉提，我今天是多么无法忍受下楼去啊！她多么渴望告诉他——想必"坚持自我比登天还难"是你最想跟我反复叮嘱的话了。要是我今天能做回自己，能从心所欲该有多好啊！

可假如她事事皆从心所欲，那巴拉提又根本没机会来到这个世上。皮肤白皙娇嫩、头发丝润光滑，他的胎毛直到他佩戴圣线时都没有刮。为此，还给了祭司一笔忏悔金。小时候，只要一过马路，他就紧紧抓住苏耶妲的手指头。这就是巴拉提。

她摇了摇头。眼前就是客厅，人们有说有笑、一片嘈杂。难道土地只属于死人吗？那些在物欲横流、声色犬马的狂躁中吃吃喝喝、吵吵闹闹的死人？

那些无耻下流的死人？那些巴拉提鄙夷不屑的死人？

那些缺乏仁爱的死人？那些巴拉提无爱以对的死人？

巴拉提渴望尊重、施爱、被爱。

一切都尚未平息，巴拉提依然对这些怀着热切的渴望。这个时代依然是个风雨飘摇、骚乱不息、愤懑痛苦、反乱不止、动荡不安的时代。

苏耶妲拉开窗帘，进了客厅。卡帕迪亚太太高谈阔论着她的古鲁。不远处，尼帕端着杯苏格兰威士忌 ①嬉闹着捉迷藏，开心得咯咯笑着。巴莱·达特，她丈夫的表弟，手里拿着把叉着块肉的叉子在后面追她，想要把肉塞进她嘴里。

托尼的姐姐纳吉斯穿着一件紧身上衣，下身配一条藏红色尼龙羊毛裤，一边跳舞，一边扭着头和别人聊天。纳吉斯是古鲁的虔诚信徒。她决心在整个印度宣扬斯瓦米的教义。她一只手里端着杯柠檬甜酒。身为一名嗜酒症患者，她平时被不准离开医院，除非遇到特殊场合才能出院。不过，她始终不忘着象征圣色的藏红色衣服。

找了一圈都找不着毕妮。图里如众星捧月般被尼帕的丈夫艾米特、托尼以及托尼的朋友团团包围着。她放声大笑，然后侧过脸颊，让托尼吻了一下。相机的闪光灯发出一道亮光。

卡帕迪亚太太手里端着一大杯威士忌。苏耶姐就在听她聊天的那群人中，嘴唇微启，脸上礼节性地露着笑容。她的大脑完全没有在转，她太累了。

---

① Scotch，在一个洋酒只在黑市上以高昂价格才能买到的时代，能在聚会上提供苏格兰威士忌供宾客享用是种身份地位的象征。

拜见斯瓦米时，亲爱的，你可能不相信，我体内有某种东西在剧烈燃烧。然后，我看见斯瓦米的头顶出现一道光环，犹如一盏点燃的明灯。光环越来越亮、越来越亮，仿佛有一千颗太阳在同时燃烧。

他们把库什押到那个衬有橡胶管的房间，捆得他一动也不能动。两千瓦的灯光照射在他的脸上，炙烤着他的脸。手指上的指甲一个不剩地都被拔光。然后，他们又用针尖刺穿他身体里的每一个神经中枢。整整折磨了他四十八小时，又连续折磨了他七十二小时之后，他们对他说：你自由了。放出来到了家门口以后，他们狠狠地把他搡到了地上，开枪打死了他。子弹产生的高温熔化了他的眼珠。

然而，在一千颗太阳的照射下，卡帕迪亚太太的视力毫发无损，而是发现了一种内在的视界。

斯瓦米有专属的私人飞机。他只是看着我，跟我说：过来。到迈阿密来见我吧。想想，亲爱的，他是怎么猜出来我要去迈阿密的？接着，他又说：你就是你随身携带的那本书里的女孩。知道是哪本书吗？《寻找神的黑女孩》[1]（*Black Girl in Search of God*）。天

---

[1] 作家萧伯纳（Bernard Shaw）1932 年创作的短篇小说集。

哪，我前世竟然是黑人。我的灵魂竟然是黑人。我找到了我心中的神。于是就有了光／万物轻如鸿毛[①]！这里包含两个层面的意义，既指发光发亮，又指毫无重量。

南迪尼的心已经死了一半了。人死后往往比活着的时候沉。巴拉提的手像灌了铅似的。也许，心灰意冷也会重得像死尸一般。难道南迪尼在万念俱灰的重负下踌躇过、迟疑过？她永远都无法过上正常人的生活，为人妻、为人母。那些曾经对街灯、对人类、对每一颗尘埃都怀着满腔热情的人永远被剥夺了做母亲的机会。反倒是那些见不得孩子的女人、水性杨花的女人、狂喝滥饮的女人、谴浪笑傲的女人，把孩子生到这尘世上，带到这无爱可言的生活里。真是令人扼腕叹息啊！

从那时起，我就拜斯瓦米为我的古鲁。他的信徒甚众。终有一天，全世界的人都将拜在他的门下。他

---

① light 一词既有光的意思，又有轻的意思；原文为 "all was light！"，出自《圣经·旧约·创世记》："God said, 'Let there be light'；and all was light." 后英国作家亚历山大·蒲柏（Alexander Pope）在他为牛顿写的墓志铭中也曾改写过这句话："God said, 'Let Newton be!' and all was light."

就是第二个维韦卡南达①。是美国发现了他的伟大，正如维韦卡南达的伟大也是在美国被人发现的。如今，他即将成为印度家喻户晓的人物。

基舒·米特目瞪口呆地望着卡帕迪亚太太。他恳请苏耶姐：拜托给我引荐一下。行行好，求你了。我太想结识她了。拜托了。

卡帕迪亚太太，这是我们的朋友基舒·米特。

很高兴认识你！

基舒的妻子茉莉·米特对苏耶姐耳语道：她以为你不懂英语。为了照顾你，她从头到尾都在讲孟加拉语。简直是笑死人了！你注意到她的穿戴了吗？令人厌恶的婊子！不停地冲我炫耀她的钻石！

卡帕迪亚太太听到"钻石"，立马扭过脸来对米莉莞尔一笑说：钻石是必不可少的。斯瓦米说钻石是灵魂的象征，象征着纯净。

妙极了！

不过，我还是轻饶不了你，亲爱的。

怎么了？

---

① 斯瓦米·维韦卡南达（1863—1902），著名哲学家和宗教改革家，印度教最有影响的精神领袖，新吠檀多思想的首倡者。

因为你的缘故，秀犬大赛上我家的拉布拉多什么奖都没拿到。

这不关我的事啊，都是我家的狗狗罗弗。

我知道。气死我了，不过，一看到你家的狗！

她扭头对苏耶姐说：亲爱的，你也许不信。我都要嫉妒疯了。

基舒·米特插话道：给我们继续说说斯瓦米。

他本人就是神，是全知全能的神。他要整个印度受穷，方知苦难的真谛。只消他一个旨意，人人都会变成富翁。

真的？

当然了。我一跟他谈起托尼和图里的婚事，他顿时陷入冥想。末了，他跟我说：这个姑娘非常非常不幸。他们家的房子被一层邪恶的魅影笼罩着。

他这么说的？

对啊。他答应他们去美国时送给他们一些鲜花。回国后把这些花种在房子四周就可以了。

米莉·米特忽然开口对苏耶姐说道：怎能随便改变信仰呢？难道你家没有古鲁吗？

改变信仰？

呃，查特吉先生告诉我们，你们全家都要皈依斯瓦米。

这事儿我一点儿都不知道!

有古鲁的话,能换新的古鲁吗?

米莉,我没有古鲁。

罗努和巴拉提上学那会儿,有一次他们去找你家的古鲁卜问考试成绩。难道他们那次没去?

他是我婆婆的祭司。过去,她常去找他占星算命。

拉克希米什瓦·米斯拉,他也为巴拉提占过星算过命。苏耶妲曾不厌其烦地研究过巴拉提的星相——长命百岁,无血光之灾,无灾无病……后来,她把星相图撕得粉碎。

米莉·米特对卡帕迪亚太太说:她的小儿子巴拉提,你知道吧……

苏耶妲冲卡帕迪亚太太说:失陪一下,卡帕迪亚太太,我去去就来……

三大杯威士忌下肚,卡帕迪亚太太的心软了起来,拿手绢擦了擦眼角。

我知道!哦,亲爱的!你一定伤心死了。亲爱的,你必须得听我跟你讲讲斯瓦米是如何说的。

哦,那是自然。

说完苏耶妲就离开了。

基舒·米特说：今天是他的忌日。

原来是这样啊？

米莉·米特接着说：那个男孩儿巴拉提，我压根没对他放心过。你知道离开那天他说什么吗？他说他会整晚和罗努在一块儿。可他俩自从大学一年级以后就再没联系过。我会和罗努在一块儿！听听，说得好像他是罗努的朋友似的。第二天，各大报纸只字未提。我的意思是，没见巴拉提的名字登报。那天，基舒去了他的会所。真是谢天谢地！我们住的那个区人身不受限制。我们可以每天都去会所。否则我们可怎么活啊？那段时间，我不看报纸，也不让任何人看报纸。报纸上的新闻简直太耸人听闻了。基舒赶紧从会所赶了回来告诉我说：查特吉的儿子被杀了。

这让你多丧气啊！

后来，我哥哥，对，就是警察局副局长——专程打电话问我巴拉提是否去过我家。基舒就赶紧让罗努收拾收拾去了孟买。

真是英明之举！

出于情面，我们前去慰问了一番。查特吉那段时间焦头烂额。为了把事情彻底压下去可没少忙活！我们真是为他感到惋惜。谁不知道，苏耶妲他这个老婆太没心没肺了。要不是她宠溺儿子，这种门第的家庭怎么会出……

基舒·米特接茬儿说道：那些天太恐怖了。你当时在哪儿？

在美国呢。

那托尼呢？

他就在本地。米莉不是说了吗，公园大街、卡马克大街，还有一些诸如此类的地区是不受限制的。①托尼的朋友萨罗杰·帕尔是行动的总指挥。好个才华出众的小伙子啊！勇气可嘉！三下五除二就把他们给抓了。

真的？

米莉·米特说：真是蠢透了！消灭了社会上受人爱戴的人物，对那些人有什么好处呢？这不是自取灭亡吗？而且，还连带着所有诚实守信的商人卷着家财逃离了本邦。

这还用你说？当时我从美国飞回孟买。但他们不让我从孟买回加尔各答，警告我说：加尔各答正在屠

---

① 公园大街和卡马克大街均位于加尔各答市中心。和小说中提到的其他地区相比，该区域在加尔各答是上流阶层出入频繁、颇为西化的地区。

杀有钱人。你知道我是如何应对的吗？

愿洗耳恭听。

卡帕迪亚太太的脸上露出几丝得意，说道：我换上一件棉质纱丽，乘火车的二等车厢回了加尔各答。我跟他们说：我丈夫儿子需要我。斯瓦米会保佑我的。这世界上没什么能害得了我。

基舒·米特话题一转——不过不得不承认，苏耶妲看上去迷人极了！一袭白衣，透着股淡淡的忧伤，美得难以用言语形容。

米莉·米特不屑道：她这是故弄玄虚。明知道今晚这种场合大家穿戴华丽，偏要反其道而行之，穿什么白色？

卡帕迪亚太太问道：亲爱的，能告诉我她用的是什么化妆品吗？蛮特别的。

化妆品？你说苏耶妲？亲爱的卡帕迪亚太太，她向来不施脂粉的。

不会吧？她这么漂亮个人儿。

托尼说：请允许我来介绍一下我楚楚动人的岳母大人。妈，他是记者，久仰你大名很久了。

托尼说的是孟加拉语。他自幼在加尔各答长大，能说一口地道流利的孟加拉语。

那位记者赞叹道：宴会隆重极了。你女儿那身纱丽简直是美轮美奂。查特吉先生的梵文说得没得挑。不愧是孟加拉家庭的典范。

饭菜可合你胃口？

吃得肚子都鼓起来了。请恕我冒昧，能采访你吗？

采访我？

我给孟买的一家女性杂志写稿。你既是母亲、妻子，又是银行的高级职员，完美地兼顾了家庭与事业……

我可不是什么高级职员。

可托尼说……

我是从办事员干起的。用了二十年升到了部门主管。

不可思议。

所以说……

嗯，你儿子被杀了。从一个悲痛欲绝的母亲的角度……

打住。恕我失陪。

苏耶妲旋即走开了。她的照片刊登在一本女性杂志上!《母亲痛失爱子，倾诉衷肠》。他们百般阻挠巴拉提待在她身边。但那一整天她都和巴拉提待在一起。

瞧……我儿子是……孟买的时髦女郎、养有赛马的那些大亨们的太太、实业家、电影明星，他们全都饶有兴味地读着苏耶姐和巴拉提的故事。

苏耶姐朝艾米特走去。

艾米特，吃过了吗？

吃过了，妈。

有没有招呼好你的朋友们……？

他们都用过了。宴会招待的有威士忌，可她女婿竟然还能这么清醒地站着委实让她吃惊。艾米特是迪比亚纳特为女儿钦点的女婿。当时，尼帕和一个教她弹锡塔琴①的小伙子私奔了。迪比亚纳特摸清她的行踪后把她给提溜了回来，一个月之内就让女儿与艾米特闪电般地完婚。他着实搭了一笔钱。艾米特生性软弱、胆小怯懦，但身居要职，有个有钱的爸爸，从小受惯了父亲的娇生惯养，娶了尼帕为妻。

苏耶姐很同情艾米特。以前他滴酒不沾，如今是逢喝必醉。自打尼帕和他表弟在家里乱伦胡搞开始，艾米特就沾上了喝酒的恶习。

---

① sitar，一种形似吉他的印度弦乐器。

苏耶姐始终纳闷，艾米特为什么不申斥他表弟一顿或者跟妻子好好谈谈呢？一般人遇到这种情形不都这么做吗？在事态失控之前，他完全有机会跟他表弟把话挑明。

他完全有机会把他表弟从家里轰走。

他完全有机会把妻子从家里赶出去。他完全有机会诉诸法律，诉诸公堂。

但艾米特没采取过任何干预手段，只知道一味酗酒买醉。迪比亚纳特沿袭着传统习俗，每到一年一度招待女婿的日子，艾米特都会陪着尼帕一起回娘家。①一年一次敬拜艾米特的古鲁，他俩也会一道同行。艾米特睡在二楼，他们的女儿和保姆合住一楼的房间，而巴莱和尼帕的卧室门挨门，在同一层。

恶心得犹如溃烂发脓的毒瘤。明明死了却假装在早已死了的关系中苟且活着，硬撑着所谓的门面。苏耶姐感到，自己若是离艾米特、尼帕和巴莱太近，腐肉散发出的冲天的臭气一定会把她给熏倒。他们在娘胎里就受到了玷污，就是病态的。巴拉提及其同志们

---

① 贾迈沙西（jamaishashthi）是一项孟加拉习俗。这一天，岳父岳母会按照习俗隆重招待家中的女婿。

所极力要铲除的社会滋养了这帮蠹虫，却使成千上万的民众饱受饥馑之苦。这个社会赐予了死人生的权利，却剥夺了生者活的契机。瞧瞧巴莱是怎么说的？

他们那帮人这会儿都到哪儿去了？脚底抹油，溜之大吉了，在外东躲西藏。迪曼在为巴拉纳加尔写的那些伤感的抒情诗里不是写着"快跑，孩子"吗？但哭是没用的。不多杀他们百八十个就无法平定巴拉纳加尔。不把他们撕成碎片就休想获得安宁！

他说的是哪个迪曼？迪曼·罗伊？南迪尼曾经提到过的那个迪曼·罗伊？苏耶妲见一位俏女郎，身着一袭披肩围成的长裙，一手端着酒杯，一手搭在巴莱的肩上，说：

他们的诗不是写得棒极了吗？

巴莱答道：迪曼为关在牢里受苦的那两万青年痛苦诉说。难道你没发现什么有趣之处吗？有冲突发生的时候，他们全都一窝蜂地在报纸上为孟加拉上演的悲剧唠叨个没完。眼下，事态平息了，他就觉得可以乱写一气了。

别那么不讲理行不行？他写得多美啊！他的最后一首诗感动得我潸然泪下。他过来了。我们正在谈论你的诗歌呢。什么时候写诗啊？你真是太忙了。说真的，你对事业太忠诚了。

迪曼·罗伊，四十岁上下，长得毫无迷人之处，而且还透着股呆板的气息。他的脸像演员变脸似的露出一副谦逊的表情。他用严肃、刺耳的嗓音说道：除此之外，诗人还有什么能写的呢？

的确——读诗时我深有同感！阿努普·达塔，你认识的。阿努普说他是有感情的人！

怎么今天人人都在关心他们？！

迪曼·罗伊很有艺术感地咬了一块黄油，啜了一口威士忌。苏耶姐听人说起过，只要吃的黄油够多，怎么喝都不会醉。她审视着迪曼，看得出来他没打算喝醉。

这瞒不了我，尼帕突然开口道，她已经喝了不少威士忌了，满脸的鄙夷。

哦，你知道？艾米特嘲讽道。

当然。那个面色憔悴的诗人剽窃他人的想法。他自己哪有什么值得吹嘘的经历？我弟弟死了。敢问你们这位极富同情心的诗人当时都做了什么？藏在谁的石榴裙下？桩桩件件我都从巴莱那儿听他说起过。

据我所知，巴拉提的事可给你本人添了不少麻烦。你一直以你弟弟为耻。

这是哪个说的？

我在陈述事实。

是你一天到晚不停奉劝我、撺掇我。

我没有。

骗子。

收回你刚才所说的话。

我不。

我是加尔各答最古老的家族之一——基德普尔的甘古利家族的成员，怎能受你这种贱货、破鞋的污蔑？

艾米特！

苏耶妲小声警告他注意自己的言辞。

情势一度剑拔弩张、一触即发。油绳一点点燃烧，一步步逼近火药。就在燃着的油绳行将引燃火药的一刹那，尼帕突然放声大笑。

妈，你不懂。没看我俩吵得多尽兴吗？

要吵回你家吵去。

说完，苏耶妲扭头就走。宴会的气氛热闹了起来，节奏也愈加紧凑。他们所有人都喝得酩酊大醉。托尼的姐姐纳吉斯敲着两只烟灰缸，手舞足蹈，高声呼喊着斯瓦米！斯瓦米！基舒·米特蹲在地上，一边鼓掌、一边轻轻摇摆。

艾米特的话里透着怒气——你母亲真令人扫兴。

现在，他决心喝到断片儿为止。他往酒杯里倒上威士忌，一滴水都没加，一仰头一口干了下去。

巴莱提议道：尼帕，咱们撤吧。

走，撤。

我们去萨拉特家。今晚有电影看，放的都是他从巴黎带回来的不少新片子。

巴莱的舌头在嘴唇和脸颊间发出咔嗒咔嗒的怪响。露骨而又肉感实足。光听声音，就能判断出电影的类型，绝对刺激。

咱们走。

他们可走了。

迪曼·罗伊对艾米特说：真没见过你这种人！

此话怎讲？

难道你没留意到你妻子和巴莱出去看电影了吗？

这跟你有什么关系？

巴莱！连本日历都能……

快跑，孩子！巴结有钱人，白吃白喝不用花钱，不照单全收还等什么呢？其他的事，费那脑筋干吗？

可是和巴莱……

艾米特像一只狡猾的狐狸窃笑着说道：我认识巴莱。他是我表弟。

你表弟？

是的，先生。我俩都是玛希玛兰詹·甘古利的后人，都是他的孙子辈，一个是他儿子所生，一个是他女儿的孩子。

我明白了。

你相信命运吗？

当然不信。我不信神，也不信命运。

胡扯八道。

你说什么？

我说废话。你这样的无神论者为何一天要跑来我办公室两趟呢？

你醉了。

但你没醉。你得接受命运，先生，命运。

为什么？

除了命运，还能是什么呢？家里的女人哪一个他没碰过？我妻子就更不用说了。他一开始是和我姑姑乱搞，也就是他的姨妈。他凭什么要放过我妻子呢？不过，巴莱倒是有阶级意识，从来不在家族以外沾花惹草。

你太太和巴莱……

巴莱既是我表弟，也是我的朋友。你知道他的后台是谁吗？要是挡了他的道……

先生，你真有雅量啊。

那还用说……

卡帕迪亚先生说：我很有雅量的。

迪比亚纳特说：这我知道。

卡帕迪亚先生把一根手指放在他那身完美无瑕的西服的一颗黑纽扣上，说道：遵照我的政策，我们国家所有的问题都会迎刃而解。

愿听其详。

卡帕迪亚先生用一口标准的孟加拉语说道——要说我们国家的问题在哪儿，那就是没有解决一体化的问题。整个国家迫于宗教、种族、语言多样性的压力犹如一盘散沙。饮食根本不是问题。你们见过有什么地方因为吃喝发生过暴乱的吗？农民过上了富足的生活，家家户户都有收音机。就业方面嘛，数不胜数的人有了新工作。至于国民财富，人人手里都有钱。不然哪来钱盖那么多新房子，人们拿什么买车、享用珍馐佳肴？

此言不虚。

语言问题是怎么回事？必须学习所在地方的方言土语。我在这个地区卖烈性酒，就学会了孟加拉语。

你的水平是大师级的。

必须得这样啊。这可是泰戈尔的语言。

的确如此。

所以，这就是我解决语言问题的方法。再说说宗教，要这么些宗教有什么用呢？要我说，把那些寺庙，一切的一切，统统都给烧掉。皈依斯瓦米。斯瓦米就是神的化身。拜在他的门下。

妙极了。

我们这些斯瓦米在印度的孩子在德里、孟买、加尔各答和马德拉斯设有分部。我们将为六千人提供就业，已经购置了飞机和直升机，计划用印度各语种印刷斯瓦米的教义，并在全国用飞机传播、普及他的教义。用不了多久，全印度都将成为斯瓦米的教众。

千真万确。

这样，宗教问题就解决了。种族、社群的问题，我想是这样。制定一项法律，规定任何人不得与同一邦、同一种族或同一语言的人结婚。孟加拉人和旁遮普人结婚，奥里雅人和比哈尔人结婚，阿萨姆人和马拉地人结婚。问题就这么自然而然解决了。

就像托尼和图里……

我为此心怀感恩。

说得多好啊。我感恩至极，引以为傲。

我也是。

能和葡萄酒贸易业伟大的莫卧儿结为亲家……

何必妄自菲薄呢？

托尼这小伙子简直没得挑。

图里也是万里挑一啊。

你儿子杰基好啊。

乔蒂不也一样？

纳吉斯这姑娘太优秀了。

尼帕也出众得很呢。

你的家庭太美满了。

你也是啊。

你的出身……

你是地主出身。

库林 ① 是我们的种姓。

库林？太棒了。

---

① 库林婆罗门（Kulin），（印度）社会阶层极高的种姓群体，
该阶层享有祭祀的权力。

哪天给你看看我家的家谱。

这可太好了。

说到做到，一定拿给你看……

查特吉，有点儿事，刚才没好意思开口……

什么事只管说。

查特吉太太还没放下你小儿子的……

哦，没有的事。她好得很。

你儿子怎么能……

那是误入歧途。

想必是这样。

一帮不三不四的狐朋狗友。

绝对的。

你知道我们父子俩感情好到什么地步吗?

图里跟我们提起过。

我们赤诚相见，父子间没有任何秘密。

父子间本该如此。

他简直把我敬若神明。

有你这么和蔼可亲的父亲，他没理由不这样。

当我儿子……

哦!

他使我的心都碎了。

这都在情理之中。

难过得我呀……

节哀顺变吧。斯瓦米说：世界上根本不存在死亡。死亡仅仅是身体的死亡，你们的灵魂终将在天堂相遇。你将在天堂找到你的儿子，一个和过去一模一样的儿子。

我会见到他，斯瓦米真这么说过？

哦，是的。

我要拜斯瓦米为师。

英明的选择。

这是我太太。亲爱的，有没有听到卡帕迪亚先生刚刚那番美妙的言辞？过来一起听听吧。

我都听见了。我就坐在你们后面。

查特吉夫人，要威士忌吗？

不，谢谢。我滴酒不沾。

身体不舒服吗？

哦，没有。

苏耶妲走开了。毕妮在叫她。疼痛一阵阵折磨着她。疼痛的潮水澎湃汹涌，犹如惊涛骇浪。眼前天旋地转，一片模糊，随之复归清晰。一定是乔蒂在放唱片。疯狂的爵士乐闹哄哄的。

怎么了，毕妮？

妈，图里喊你呢。

什么事？

托尼的特邀嘉宾来了。

人在哪儿？

在外面呢。

为什么不进来？

他不肯下车。

快请他下车啊。

妈，你走路怎么跌跌撞撞的？

老毛病又犯了。

你坐下歇会儿吧。

不，不用。

我去请他进来。

不用，我亲自去请。

干吗非要亲自去呢？让我去吧。

图里会闹翻天的。

那咱们走吧。

我去请他下车。你去拿盒糖果来。万一他不肯下车，起码我们还能送他一盒喜糖。

好主意。

疼痛加重了，身体反倒不那么冷了，浑身感觉暖乎乎的。

苏耶姐脱下披肩，出了家门。

寒冷。冬天。凛冽的北风。黑漆漆的花园。无尽的黑暗。她会不会迷失在这无尽的黑暗中？要是她再也不必回到客厅？那辆黑色轿车就停在大门口的马路上。

黑色轿车。黑色面包车。车窗和后门上装着结实的钢丝网。钢丝网里面的人都戴着头盔。是谁坐在前排？副驾驶座上坐着的又是谁？发动机没有熄火，嗡嗡地响个不停。

一身洁白的警服，一尘不染。铜制徽章。侦缉处副处长萨罗杰·帕尔。孟加拉母亲勇敢的儿子，狮心萨罗杰·帕尔。铝门砰的一声合上了，上面赫然写着"萨罗杰·帕尔不得好死"的口号和标语。门里面躺着巴拉提冰冷的尸体。

萨罗杰·帕尔。

对，我有母亲。

不，你儿子没去迪卡。

不行，这些我们不能给你保存。

不行，照片不能给你。

你教子无方。

你儿子和反社会分子沆瀣一气。

你儿子完全是咎由自取。

你早该发现你儿子在违法乱纪，劝他向我们投降。

不行，尸体不能给你。

不行，尸体不能给你。

不行，尸体不能给你。

苏耶妲和萨罗杰·帕尔四目相对。1084号的母亲。巴拉提·查特吉的母亲。他知道必定要面对她，所以打心眼里不想来。

毕妮走上前去。

不下车待会儿吗？

不了。

一分钟也不行？

不了。有公务在身。请代我向托尼和图里送上最诚挚的祝福。

那捎上这包喜糖吧。

多谢。我赶时间。后会有期。

发动机发动，汽车疾驰而去。

还在执行公务？还穿着制服？黑色的轿车，衬衫里面套着防弹衣，枪套里别着手枪，后座上坐着头戴钢盔的哨兵？

哪里发生了动乱？哪里需要动用警力？在巴哈尼普尔、在巴利冈吉、在加利亚特、在比哈拉、在巴拉萨特、在巴拉纳加尔、在巴格巴扎尔。哪里需要动用警力？

哪里的店铺会砰地拉下门帘？哪里的房门会牢牢反锁？哪里的行人、哪里的自行车、哪里的流浪狗、哪里的人力车会惊慌失措、四散奔逃？

哪里会响起刺耳的警报？大街小巷回荡着警靴的闷响、面包车的轰鸣和不绝于耳的枪声？

巴拉提将逃向何方？重蹈覆辙？巴拉提将逃向何方？有哪片土地没有刽子手、没有枪声、没有面包车、没有监狱？

这座城市——孟加拉邦一马平川的恒河平原——北孟加拉一望无际的森林、丘陵——更北部冰雪覆盖的寒冷地带——中孟加拉硕大无朋的巨石、干涸的河床和大坝——孙德尔本斯延绵不绝的咸水林——无边无际的稻田、鳞次栉比的工厂——郁郁葱葱的茶园、热火朝天的煤田——巴拉提，你将逃向何方？这一次你又将在哪里迷失自我？别跑，巴拉提。来我这儿，巴拉提，快回来。别再跑了。

苏耶妲寻寻觅觅了一整天，又找到了巴拉提。他在万物中间，他无处不在。但倘若面包车再度横行、骇人的警报再度响彻云霄，巴拉提将又一次消失得无影无踪。回家吧，巴拉提，快回家来吧。别再跑了。回到妈妈这儿来，巴拉提。别再这么跑了，巴拉提。他们不会放过你的，巴拉提。无论你藏在何处，他们都会把你揪出来的。来我这儿，巴拉提。

　　妈！你眼看就要跌倒了！

　　苏耶妲推开毕妮。她跑了回去，站在客厅的门口。一切都在摇晃、摆动、旋转。仿佛有人在指挥这些行尸走肉跳舞。他们所有人——迪曼、艾米特、迪比亚纳特、卡帕迪亚先生、图里、托尼、基舒·米特、茉莉·米特以及卡帕迪亚太太——统统都是腐烂的僵尸。

　　巴拉提的死，是为了让这些腐化堕落的僵尸名正言顺、一劳永逸地安享这世界上诗情画意的风景吗——鲜红的玫瑰、如茵的绿草、斑斓的霓虹灯、母亲的笑容、婴儿的啼哭？他的死是为了这一切吗？是为了把世界拱手让给这帮行尸走肉吗？

　　不，绝不是。

　　巴拉提……

　　苏耶妲突然放声大哭，哭得荡气回肠、撕心裂肺、动人心魄。她的哭声犹如爆出了一个大大的问号，传遍了城市的千家万户，冲入地下，直破云霄。风势载着这哭声从国家的一头传到另一头，从地球的一个角落传到另一个角落，抵达那些见证历史的黑暗之桩、黑暗之柱，并超越历史，渗透到经文所承载的信仰的根基里。这声恸哭使现在和未来瑟瑟发抖，令忘却本身在它的冲击下跟跟跄跄、举步维艰。每一种幸福存在所包纳的满足感统统土崩瓦解。

这声恸哭混合着鲜血、抗议、悲伤的味道。

随之，眼前一黑，苏耶妲的身体扑倒在地上。

迪比亚纳特尖叫着：她的阑尾破了！